COLEÇÃO
PENSADORES & EDUCAÇÃO

Bourdieu & a Educação

Maria Alice Nogueira
Cláudio Marques Martins Nogueira

Bourdieu & a Educação

4ª edição
2ª reimpressão

autêntica

Copyright © 2004 Maria Alice Nogueira e Cláudio Marques Martins Nogueira

Todos os direitos reservados pela Autêntica Editora Ltda. Nenhuma parte desta publicação poderá ser reproduzida, seja por meios mecânicos, eletrônicos, seja via cópia xerográfica sem a autorização prévia da editora.

EDITORAS RESPONSÁVEIS
Rejane Dias
Cecília Martins

COORDENADOR DA COLEÇÃO
PENSADORES & EDUCAÇÃO
Alfredo Veiga-Neto

CONSELHO EDITORIAL
Alfredo Veiga-Neto – ULBRA/UFRGS, Carlos Ernesto Noguera – Univ. Pedagógica Nacional de Colombia, Edla Eggert – UNISINOS, Jorge Ramos do Ó – Universidade de Lisboa, Júlio Groppa Aquino – USP, Luís Henrique Sommer – ULBRA, Margareth Rago – UNICAMP, Rosa Bueno Fischer – UFRGS, Sílvio D. Gallo – UNICAMP

REVISÃO
Vera Lúcia de Simoni Castro
Ana Carolina Lins Brandão

DIAGRAMAÇÃO
Waldênia Alvarenga
Tales Leon de Marco

N778b

Nogueira, Maria Alice
  Bourdieu & a Educação/Maria Alice Nogueira, Cláudio M. Martins Nogueira. – 4. ed.; 2. reimp. – Belo Horizonte: Autêntica, 2017.
  128 p. – (Pensadores & Educação)

  ISBN 978-85-7526-142-2

  1. Educação. 2. Sociologia. I. Nogueira, Cláudio M. Martins. II. Bourdieu, Pierre. III. Título. IV. Série.

CDU 37

GRUPO **AUTÊNTICA**

Belo Horizonte
Rua Carlos Turner, 420
Silveira . 31140-520
Belo Horizonte . MG
Tel.: (55 31) 3465 4500

São Paulo
Av. Paulista, 2.073, Conjunto Nacional,
Horsa I. Sala 309 . Cerqueira César
01311-940 . São Paulo . SP
Tel.: (55 11) 3034 4468

www.grupoautentica.com.br
SAC: atendimentoleitor@grupoautentica.com.br

Agradecimentos

Os autores agradecem a Gisele Ferreira da Silva e a Vanda Lúcia Praxedes o auxílio prestado na coleta de fontes referentes à obra e à cronologia de Bourdieu.

Sumário

INTRODUÇÃO..9

PRIMEIRA PARTE
A sociologia de Pierre Bourdieu:
alguns elementos centrais................................19

Capítulo I
Entre o subjetivismo e o objetivismo: em busca de uma
superação..21

Capítulo II
A realidade social segundo Bourdieu: o espaço social,
os campos e os tipos de capital (econômico, cultural,
simbólico e social)..29

SEGUNDA PARTE
A sociologia da educação de Pierre Bourdieu...............49

Capítulo III
A herança familiar desigual e
suas implicações escolares................................51

Capítulo IV
A escola e o processo de reprodução das desigualdades
sociais...71

CONSIDERAÇÕES FINAIS
O debate em torno da obra de Bourdieu..........................87

ANEXOS
Cronologia de Pierre Bourdieu..103

Obras de Pierre Bourdieu
publicadas no Brasil...109

Obras de Pierre Bourdieu publicadas na França..........113

Obras sobre Pierre Bourdieu..117

Sites de interesse na Internet..119

REFERÊNCIAS..121

OS AUTORES..125

Introdução

Pierre Bourdieu foi, sem dúvida, uma das grandes figuras da Sociologia do século XX, com amplo reconhecimento em escala mundial. Embora sua formação inicial, realizada nos anos 1950, na Escola Normal Superior de Paris e na Sorbonne, tivesse se dado no campo da Filosofia, ele se dirigiu, a partir do período vivido na Argélia (1955-1960), para as Ciências Sociais, em particular para a Antropologia e a Sociologia.

Esse deslocamento em direção às Ciências Sociais parece estar relacionado, em primeiro lugar, com sua origem social modesta e provinciana, que não lhe propiciava as disposições exigidas à época para o exercício da "disciplina rainha",[1] especialmente o gosto e a habilidade para a retórica e para a prática de exercícios puramente formais de análise filosófica; nisso contrastando com seus colegas da Rue d'Ulm, que, provenientes das camadas sociais superiores, pareciam talhados para abraçar a Filosofia, tal qual esta era praticada à época. Com efeito, tendo passado pela experiência custosa, em termos subjetivos, de inserção simultânea em dois universos culturais distintos (o familiar e o da elite escolar), ele atribuía a si mesmo um "habitus clivado", produto de forte dissonância entre uma

---

[1] A Filosofia ocupava, na França dos anos 1950, o topo da hierarquia escolar e universitária.

"alta consagração escolar e uma baixa extração social" (BOURDIEU, 2004, p. 127). Essas dificuldades de adaptação ao campo filosófico associam-se a uma crítica veemente às formas como essa disciplina era exercida à época, quando o campo filosófico encontrava-se dominado pela fenomenologia em sua variante existencialista, cuja característica principal residiria, segundo Bourdieu, num discurso escolástico, fechado em si mesmo e refratário à realidade do mundo social. Erigido em "filosofia universitária", esse pensamento estaria impregnado, a seu ver, de um "humanismo frouxo" e "complacente" (em relação à experiência direta dos sujeitos), que se expressava por meio de discursos vagos sobre problemas gerais (cf. BOURDIEU, 1990, p. 16-17). Fazendo, então, uma crítica à "razão escolástica", Bourdieu passou a ver no pensamento filosófico dominante um obstáculo ao conhecimento do mundo social.

No interior do campo sociológico, tal qual esse se apresentava na França dos anos 1960, definiu-se por uma via que rechaçava tanto o empirismo positivista, imposto pelo modo norte-americano de fazer sociologia (representado sobretudo pela figura de P. Lazarsfeld), quanto a alternativa marxista que insistia em recusar Weber e a sociologia empírica.[2]

Sua obra se caracteriza por burlar fronteiras disciplinares e empreender estudos em diferentes campos das Ciências Sociais (Sociologia, Antropologia, Sociolinguística), bem como por se espraiar por uma grande diversidade temática que o levou a interessar-se por fenômenos tão díspares ("em aparência", diria ele) quanto a religião, as artes, a escola, a linguagem, a mídia, a alta costura, o gosto, entre tantos outros. Essas disposições intelectuais

---

[2] A esse respeito, ver o último trabalho de BOURDIEU (2004), escrito nos meses que antecederam a sua morte e publicado postumamente, no qual ele realiza uma reflexão destinada a se autoanalisar à luz do instrumental sociológico que, em parte, ele ajudou a forjar.

ecléticas conduziram-no igualmente à recusa de todo "monismo metodológico" (BOURDIEU, 2004, p. 91) e, assim, a lançar mão, em seus estudos, dos mais variados métodos e técnicas de pesquisa: observação etnográfica, medição estatística, pesquisa por questionário, trabalho com fontes documentais até então inusitadas (fotos e material publicitário, por exemplo).

A importância de sua obra para o campo da Educação é imensa. Dias após sua morte, ocorrida em janeiro de 2002, em entrevista ao jornal *Le Monde* (de 26/1/2002), Bernard Charlot, conhecido sociólogo da educação francês, declarou, referindo-se aos sociólogos de sua geração: "Nós tivemos de nos definir em relação a Bourdieu para construir nosso espaço de pensamento".

Pouco tempo antes, outro conhecido sociólogo francês, François Dubet, não filiado à escola bourdieusiana de pensamento, afirmava:

> Todo sociólogo da educação passa pela teoria da reprodução e se confronta a ela, pois não há realmente outra que seja, ao mesmo tempo, uma teoria da escola, uma teoria da mobilidade social, uma teoria da sociedade e uma teoria da ação. (DUBET, 1998, p. 46)

Mesmo nos dias de hoje, quando a geração atual de sociólogos questiona o suposto determinismo das análises de Bourdieu, e parte em busca de novos horizontes teóricos e de novos desafios – como, por exemplo, o de conhecer os "efeitos" do estabelecimento de ensino, da sala de aula e do professor sobre as desigualdades escolares –, é ainda a teoria de Bourdieu que constitui sua principal referência.

Mas a que se deve tal força e a longa permanência desse verdadeiro paradigma nas Ciências da Educação?

Bourdieu teve o mérito de formular, a partir dos anos 1960, uma resposta original, abrangente e bem fundamentada, teórica e empiricamente, para o problema das desigualdades escolares. Essa resposta tornou-se um marco na história, não apenas da Sociologia da Educação, mas do pensamento e da prática educacional em todo o mundo.

Até meados do século XX, predominava, nas Ciências Sociais e mesmo no senso comum, uma visão extremamente otimista, de inspiração funcionalista, que atribuía à escolarização papel central no duplo processo de superação do atraso econômico, do autoritarismo e dos privilégios adscritos, associados às sociedades tradicionais, e de construção de uma sociedade justa (meritocrática), moderna (centrada na razão e nos conhecimentos científicos) e democrática (fundamentada na autonomia individual).

Supunha-se que, através da escola pública e gratuita, seria resolvido o problema do acesso à educação e, assim, garantida, em princípio, a igualdade de oportunidades entre todos os cidadãos. Os indivíduos competiriam dentro do sistema de ensino, em condições iguais, e aqueles que se destacassem por seus dons individuais seriam levados, por uma questão de justiça, a avançar em suas carreiras escolares e, posteriormente, a ocupar as posições superiores na hierarquia social. A escola seria, nessa perspectiva, uma instituição neutra, que difundiria um conhecimento racional e objetivo e que selecionaria seus alunos com base em critérios racionais.

O que ocorre nos anos 1960 é uma crise profunda dessa concepção de escola e uma reinterpretação radical do papel dos sistemas de ensino na sociedade. Abandona-se o otimismo das décadas anteriores em favor de uma postura bem mais pessimista. Pelo menos dois movimentos principais parecem estar associados a essa transformação do olhar sobre a educação.

Em primeiro lugar, tem-se, a partir do final dos anos 1950, a divulgação de uma série de grandes pesquisas quantitativas patrocinadas pelos governos inglês, americano e francês (a "Aritmética Política" na Inglaterra; o Relatório Coleman nos EUA; os estudos do INED na França) que, em resumo, mostraram, de forma clara, o peso da origem social sobre os destinos escolares. Embora os resultados dessas pesquisas não tenham conduzido imediatamente à rejeição da perspectiva funcionalista – visto que foram interpretados como indicadores de deficiências passageiras do sistema de ensino que poderiam ser superadas com maiores investimentos – contribuíram para minar, a médio prazo, a confiança na tão propalada igualdade de oportunidades diante da escola. A partir deles, tornou-se imperativo reconhecer que o desempenho escolar não dependia, tão simplesmente, dos dons individuais, mas da origem social dos alunos (classe, etnia, sexo, local de moradia, etc).

Em segundo lugar, a mudança no olhar sobre a educação nos anos 60 está relacionada a certos efeitos inesperados da massificação do ensino. Assim, deve-se considerar o progressivo sentimento de frustração dos estudantes, particularmente os franceses, com o caráter autoritário e elitista do sistema educacional e com o baixo retorno social e econômico auferido pelos certificados escolares no mercado de trabalho. Os anos 60 marcam a chegada ao ensino secundário e à universidade da primeira geração beneficiada pela forte expansão do sistema educacional no pós-guerra. Essa geração, arregimentada em setores mais amplos do que os das tradicionais elites escolarizadas, vê – em parte, pela desvalorização dos títulos escolares que acompanhou a massificação do ensino – frustradas suas expectativas de mobilidade social através da escola. A decepção dessa "geração enganada", como diz Bourdieu, alimentou uma crítica feroz ao sistema educacional e contribuiu para a eclosão do amplo movimento de contestação social de 1968.

O que Bourdieu propõe nos anos 60, diante desse acúmulo de "anomalias" do paradigma funcionalista – para usar os termos de Kuhn –, é uma verdadeira revolução científica. Bourdieu nos oferece um novo modo de interpretação da escola e da educação que, pelo menos num primeiro momento, pareceu ser capaz de explicar tudo o que a perspectiva anterior não conseguia. Os dados que apontam a forte relação entre desempenho escolar e origem social e que, em última instância, negavam o paradigma funcionalista transformam-se nos elementos de sustentação da nova teoria. A frustração dos jovens das camadas médias e populares diante das falsas promessas do sistema de ensino converte-se em uma evidência a mais que corrobora as novas teses propostas por Bourdieu. Onde se via igualdade de oportunidades, meritocracia, justiça social, Bourdieu passa a ver reprodução e legitimação das desigualdades sociais.

A educação, na teoria de Bourdieu, perde o papel que lhe fora atribuído de instância transformadora e democratizadora das sociedades e passa a ser vista como uma das principais instituições por meio da qual se mantêm e se legitimam os privilégios sociais. Trata-se, portanto, de uma inversão total de perspectiva. Bourdieu oferece um novo quadro teórico para a análise da educação dentro do qual os dados estatísticos acumulados a partir dos anos 50 e a crise de confiança no sistema de ensino vivenciada nos anos 60, ganham uma nova interpretação.

É impressionante o sucesso alcançado pela Sociologia da Educação de Bourdieu. Passados já quarenta anos da publicação de *Les héritiers* (1964) – primeira grande obra do autor (em coautoria com J.C. Passeron) dedicada à educação – sua sociologia continua viva e inspirando novos trabalhos sobre os mais diversos aspectos do fenômeno educacional. Ela constitui, ainda hoje, se não o mais importante, certamente um dos mais importantes paradigmas utilizados na interpretação sociológica da educação.

Tentando explicar tal sucesso, diferentes hipóteses são levantadas pelos sociólogos. A primeira refere-se ao potencial crítico dessa teoria que logrou revolucionar a visão dominante sobre o papel e a função (libertadora) da instituição escolar.

A segunda diz respeito ao caráter abrangente e, até certo ponto, coerente dessa teoria, capaz de dar conta – embora em um nível macroscópico de análise – tanto das estatísticas relativas às desigualdades escolares quanto de fenômenos inerentes ao processo de transmissão dos saberes, englobando essas diferentes ordens de fatores sob um mesmo mecanismo dito de "reprodução cultural".

E, por fim, haveria ainda uma razão "sutil", nos termos de Dubet (1998): trata-se de uma teoria que, em alguma medida, consegue explicar até mesmo os fatos que a contradizem, como, por exemplo, os casos improváveis de sucesso escolar em meios populares, os quais são vistos como exceções que confirmam a regra e que reafirmam a autonomia relativa do sistema escolar, alimentando a ilusão, tida como necessária, de neutralidade em seu funcionamento.

No que concerne à recepção que a obra educacional de Bourdieu teve e tem no Brasil, ao que se sabe, o único estudo de peso já feito no País sobre o assunto é o de Catani, Catani e Pereira (2001). Trata-se do levantamento e tratamento analítico de um grande *corpus* composto da totalidade dos artigos publicados por vinte periódicos de circulação nacional da área da Educação, no período compreendido entre os anos de 1970 e 2000.

Nesse estudo, procura-se demonstrar que, ao longo desse período (que se inicia com a publicação, no Brasil, dos primeiros textos de Bourdieu, no começo dos anos 1970), a apropriação de sua obra pode ser categorizada em três diferentes modalidades, a saber, "apropriação incidental", "apropriação conceitual tópica" e "apropriação do modo de trabalho", cada uma delas correspondendo, grosso modo, a uma etapa própria do desenvolvimento do campo educacional com suas lutas políticas e científicas.

A conclusão mais relevante a que chegam os autores é a de que, se a primeira metade dos anos 1970 caracteriza-se por uma apropriação do pensamento de tipo "incidental e esporádico" (referências rápidas ao autor sem a incorporação de seu arcabouço conceitual), no final da década de 1970 e boa parte dos anos 1980, o grau elevado de politização do pensamento educacional brasileiro impôs uma forma particular de leitura dos escritos bourdieusianos que os reduzia à dimensão revolucionária ou "reprodutivista" da "práxis" educativa (para utilizar expressões em voga à época), aprisionando o pensamento na dicotomia "reprodução versus transformação".

É somente a partir dos anos 1990, com as transformações sofridas pelo campo educacional brasileiro (introdução de novas problemáticas e de novos autores, enfraquecimento das concepções "crítico-reprodutivistas"), que se verificará maior pluralidade nos modos de leitura da obra de Bourdieu, com o surgimento, em particular, de um bom número de trabalhos que evidenciam uma apropriação do modus operandi do pensamento bourdieusiano na construção de seus objetos (o pensar relacional ou a análise reflexiva, por exemplo). É interessante constatar, a esse propósito, que essa nova modalidade de apropriação trará consigo uma diversificação das fontes bibliográficas utilizadas pelos pesquisadores nacionais, destacando-se aí maior utilização dos artigos publicados na revista *Actes de la Recherche en Sciences Sociales*, criada e dirigida por Bourdieu.

Na esteira desse movimento de pluralização, os autores do presente livro já vinham abordando o pensamento bourdieusiano em publicações anteriores, cada uma delas, porém, com perspectivas e objetivos próprios (cf. NOGUEIRA, 1997; NOGUEIRA e CATANI, 1998; NOGUEIRA e NOGUEIRA, 2002; NOGUEIRA, 2002).[3] Assim, eles retomam aqui boa parte das discussões e reflexões presentes nesses primeiros trabalhos. Fazem-no, porém, de modo a ampliar as dimensões analisadas e a detalhar melhor certos aspectos do pensamento de Bourdieu, ainda que não tenham, evidentemente, a pretensão de esgotar o assunto. O que os guia, mais modestamente, é o desafio de oferecer ao público brasileiro uma apresentação ao mesmo tempo sintética e rigorosa das contribuições que consideram as mais importantes dentre as legadas pelo sociólogo francês ao campo da educação, aquelas que continuam ainda hoje alimentando os debates dos pesquisadores e educadores em geral.

Guiou-os também a consciência da dificuldade de se evitar que um discurso de apreciação produza efeitos

---

[3] Alguns trechos dessas publicações foram reproduzidos ao longo deste livro.

indesejados de celebração de um autor, fetichizando sua obra e cristalizando suas ideias. Sem deixar de correr esse risco, tentaram atingir seu objetivo maior que era o de organizar um conjunto de ideias e de teses de forma a torná-las acessíveis e úteis a um público leitor amplo e diversificado.

Este livro está dividido em quatro capítulos, agrupados em duas partes. Uma primeira, na qual desenvolvemos uma apresentação geral da obra do autor, e uma segunda, na qual nos atemos à sua Sociologia da Educação.

Na primeira parte, o capítulo I trata de um desafio teórico e epistemológico que marca toda a obra de Bourdieu: a busca da superação, por meio de uma teoria da prática centrada no conceito de habitus, do dilema que se coloca entre subjetivismo e objetivismo. Ainda na primeira parte, o capítulo II apresenta, de forma sintética, os principais conceitos que compõem a teoria sociológica de Bourdieu, notadamente, espaço social, campo e os diferentes tipos de capital (econômico, cultural, social e simbólico).

A segunda parte do livro reúne os capítulos III e IV. No capítulo III, apresentamos e discutimos as análises e reflexões de Bourdieu sobre a constituição diferenciada dos sujeitos segundo sua origem social e familiar, e suas repercussões no plano das atitudes e comportamentos escolares. No capítulo IV, buscamos refletir sobre as teses defendidas pelo autor concernentes à função social dos sistemas de ensino, ao funcionamento social da instituição escolar e a seu papel na reprodução das desigualdades sociais.

Reservamos as considerações finais para a discussão de duas problemáticas centrais em torno das quais tem se situado boa parte do debate sobre a obra de Bourdieu. Analisamos, num primeiro momento, as críticas segundo as quais o autor deduz de forma muito direta o comportamento dos indivíduos (inclusive no que se refere à educação) de seu pertencimento social. Em seguida, discutimos até que ponto, segundo Bourdieu, seria inevitável a reprodução das desigualdades sociais por meio da escola.

Nos anexos, são apresentados uma cronologia dos principais fatos da vida de Pierre Bourdieu, uma lista exaustiva de sua produção bibliográfica (livros) na França, uma listagem de suas obras traduzidas/publicadas no Brasil, bem como um repertório de trabalhos que se dedicaram a estudar o pensamento bourdieusiano. Também uma pequena lista de sites que tratam de Bourdieu e de sua obra poderá aí ser encontrada.

Cumpre, por fim, acrescentar que todas as traduções aqui oferecidas de excertos de obras de Bourdieu ou de comentadores não publicadas em língua portuguesa são de responsabilidade dos autores deste livro.

PRIMEIRA PARTE

A SOCIOLOGIA DE PIERRE BOURDIEU:
ALGUNS ELEMENTOS CENTRAIS

Não se pode dizer que Bourdieu tenha construído um sistema de teoria fechado, coerente e completo. Na verdade, sua teoria e os conceitos que a constituem foram gestados aos poucos e foram se modificando ao longo do tempo, em função dos objetos investigados e de mudanças ocorridas no campo intelectual e no contexto social mais amplo.

De qualquer forma, parece possível identificar uma problemática comum que atravessa, de forma mais ou menos explícita, o conjunto da obra desse autor. Desde o início de sua carreira, Bourdieu se mostra interessado em compreender a ordem social de uma maneira inovadora, que escape tanto ao subjetivismo (tendência a ver essa ordem como produto consciente e intencional da ação individual) quanto ao objetivismo (tendência a reificar a ordem social, tomando-a como uma realidade externa, transcendente em relação aos indivíduos, e de concebê-la como algo que determina de fora para dentro, de maneira inflexível, as ações individuais).

Nesta parte do livro, analisaremos inicialmente, de maneira mais geral, o modo como Bourdieu critica e se afasta das perspectivas subjetivista e objetivista, propondo, como alternativa, uma teoria da prática centrada no conceito de habitus.

Em seguida, analisaremos alguns dos principais conceitos desenvolvidos por Bourdieu – notadamente, os de espaço social, campo e capital (econômico, cultural, social e simbólico) –, buscando evidenciar o modo como eles servem ao programa teórico e epistemológico do autor de construir uma sociologia renovada, distante do subjetivismo e do objetivismo.

| CAPÍTULO I

ENTRE O SUBJETIVISMO E O OBJETIVISMO: EM BUSCA DE UMA SUPERAÇÃO

Uma das possibilidades de se interpretar a obra de Bourdieu consiste em concebê-la como orientada por um desafio teórico central: constituir uma abordagem sociológica capaz de superar, simultaneamente, as distorções e os reducionismos associados ao que ele chama de formas subjetivista e objetivista de conhecimento, ou seja, por um lado, evitar que a Sociologia restrinja-se, tomando-o como independente, ao plano da experiência e consciência prática imediata dos sujeitos, às percepções, intenções e ações dos membros da sociedade, e, por outro, que ela se atenha exclusivamente ao plano das estruturas objetivas, reduzindo a ação a uma execução mecânica de determinismos estruturais reificados.

Bourdieu (1983a) argumenta que é possível conhecer o mundo social de três formas: fenomenológica, objetivista e praxiológica. O conhecimento fenomenológico, representado na sociologia contemporânea por correntes como a Etnometodologia e o Interacionismo Simbólico, restringir-se-ia, segundo o autor, a captar a experiência primeira do mundo social, tal como vivida cotidianamente pelos membros da sociedade. Essa forma de conhecimento, segundo Bourdieu, excluiria do seu campo de investigação a questão das condições de possibilidade dessa experiência subjetiva. Descrever-se-iam as ações e interações sociais, mas não questionar-se-ia a respeito das condições objetivas que poderiam explicar o curso dessas interações.[4] O problema dessa forma de conhecimento, segundo o autor, não seria apenas seu escopo limitado, o fato de ela não atingir as bases sociais que, supostamente, condicionariam as experiências práticas, mas, sobretudo, o fato de ela contribuir para uma concepção ilusória do mundo social que confere aos sujeitos excessiva autonomia e consciência na condução de suas ações e interações. As escolhas, as percepções, as apreciações, as falas, os gestos, as ações e as interações não deveriam, sob o risco de se construir uma concepção enganosa do mundo social, ser analisados em si mesmos, de forma independente em relação as estruturas objetivas que os constituem.[5]

Em contraposição ao subjetivismo, o conhecimento objetivista caracterizar-se-ia pela ruptura que promove em relação à experiência subjetiva imediata. Essa experiência seria entendida como estruturada por relações objetivas que ultrapassam o plano da consciência e intencionalidade individuais. Por um lado, como sugerem suas críticas ao subjetivismo, Bourdieu considera legítima e necessária essa ruptura com a experiência imediata promovida pelo objetivismo. Essa ruptura seria a condição primeira para um conhecimento científico do mundo social. Seria necessário investigar as estruturas sociais que organizam, que estruturam, a experiência subjetiva, inclusive para escapar à concepção – do senso comum e, em algum grau,

---

[4] Essas críticas de Bourdieu, na verdade, vão além das correntes estritamente fenomenológicas e atingem um conjunto mais amplo de teorias – rotuladas por ele de subjetivistas – incluindo-se, muito especialmente, as teorias da escolha racional.

[5] Essa recusa e essa crítica enérgica às correntes fenomenológicas, ou mais amplamente, subjetivistas é apresentada de maneira clara por Bourdieu não apenas no texto acima citado, mas é algo que perpassa – de forma bastante coerente – o conjunto de sua obra. Vale acompanhar, especialmente, as críticas que são dirigidas a Sartre em *Le sens pratique* (Cf. BOURDIEU, 1980).

também de certas abordagens científicas que enfatizam a dimensão racional do comportamento humano – de que os indivíduos são seres autônomos e plenamente conscientes do sentido de suas ações.

Por outro lado, no entanto, segundo o autor, o objetivismo implicaria certos riscos bastante sérios. Fundamentalmente, Bourdieu mostra-se preocupado com a dificuldade do objetivismo de construir uma teoria da prática, ou seja, de explicar como se dá a articulação entre os planos da estrutura e da ação. O objetivismo tenderia a conceber a prática apenas como execução de regras estruturais dadas, sem investigar o processo concreto por meio do qual essas regras são produzidas e reproduzidas socialmente. Essa concepção parcial, que reconheceria as propriedades estruturantes da estrutura sem, no entanto, analisar os processos de estruturação, de operação da estrutura no interior das próprias práticas sociais, conduziria à tendência de se hipostasiar e reificar a construção científica da estrutura social. O objetivismo tenderia a descrever as regularidades que estruturam um espaço social e a supor que os sujeitos obedecem às regras dessa estruturação, sem demonstrar como essas regras, de fato, operam na prática como princípios estruturantes das ações e representações dos sujeitos e são reproduzidas nesse processo. Em poucas palavras, o conhecimento objetivista não forneceria instrumentos conceituais adequados para se compreender a mediação entre estrutura e prática. A prática seria apresentada como decorrência direta, mecânica, da estrutura, tal como definida pelo sociólogo. Os mecanismos ou processos intervenientes nessa passagem da estrutura para a prática não seriam suficientemente explicitados.

O terceiro tipo de conhecimento, chamado praxiológico, é apresentado e defendido, então, por Bourdieu como uma alternativa capaz de solucionar os problemas do subjetivismo e do objetivismo. Nos termos do autor (1983a, p. 47), esse tipo de conhecimento "tem como objeto não somente o sistema das relações objetivas que o modo de conhecimento objetivista constrói, mas também as relações dialéticas entre essas estruturas e as disposições estruturadas, nas quais elas se atualizam e que tendem a reproduzi-las". O conhecimento praxiológico não se restringiria a identificar estruturas objetivas externas aos indivíduos, tal como o faz o objetivismo, mas buscaria investigar como essas estruturas encontram-se interiorizadas nos sujeitos constituindo um conjunto estável de disposições estruturadas que, por sua vez, estruturam as práticas e as representações das práticas. Essa forma de conhecimento buscaria apreender, então, a própria articulação entre o plano da ação ou das práticas subjetivas e o plano das estruturas, ou, como repetidamente refere-se o autor, o processo de "interiorização da exterioridade e de exteriorização da interioridade".

Como já foi dito, a questão fundamental de Bourdieu é a de como entender o caráter estruturado ou ordenado das práticas sociais sem cair, por um lado, na concepção subjetivista segundo a qual essas práticas seriam organizadas autônoma, consciente e deliberadamente pelos sujeitos sociais, e, por outro, na perspectiva objetivista, que as reduziria à execução mecânica de estruturas externas e reificadas. Para resolver essa questão, o autor afirma (1983a, p. 60) que seria "necessário e suficiente ir do opus operatum ao modus operandi, da regularidade estatística ou da estrutura algébrica ao princípio de produção dessa ordem observada". A esse princípio de produção, incorporado nos próprios sujeitos, Bourdieu denomina "habitus", entendido como sistema de disposições duráveis estruturadas de acordo com o meio social dos sujeitos e que seriam "predispostas a funcionar como estruturas estruturantes, isto é, como princípio gerador e estruturador das práticas e das representações" (1983a, p. 61).

O conceito de habitus seria assim a ponte, a mediação, entre as dimensões objetiva e subjetiva do mundo social, ou simplesmente, entre a estrutura e a prática. O argumento de Bourdieu é o de que a estruturação das práticas sociais não é um processo que se faça mecanicamente, de fora para dentro, de acordo com as condições objetivas presentes em determinado espaço ou situação social. Não seria, por outro lado, um processo conduzido de forma autônoma, consciente e deliberada pelos sujeitos individuais. As práticas sociais seriam estruturadas, isto é, apresentariam propriedades típicas da posição social de quem as produz, porque a própria subjetividade dos indivíduos, sua forma de perceber e apreciar o mundo, suas preferências, seus gostos, suas aspirações, estariam previamente estruturadas em relação ao momento da ação.

O argumento de Bourdieu é o de que cada sujeito, em função de sua posição nas estruturas sociais, vivenciaria uma série característica de experiências que estruturariam internamente sua subjetividade, constituindo uma espécie de "matriz de percepções e apreciações" que orientaria, estruturaria, suas ações em todas as situações subsequentes. Essa matriz, ou seja, o habitus, não corresponderia, no entanto, enfatiza o autor, a um conjunto inflexível de regras de comportamento a ser indefinidamente seguidas pelo sujeito, mas, diferentemente disso, constituiria um "princípio gerador duravelmente armado de improvisações regradas" (1983a, p. 65). O habitus seria formado por um sistema de disposições gerais que precisariam ser adaptadas pelo sujeito a cada conjuntura específica de ação.

Bourdieu realça essa dimensão flexível do habitus, o que ele chama de relação dialética ou não mecânica do habitus com a situação, antes de mais nada, como forma de evitar uma recaída no objetivismo. O autor insiste que o habitus seria fruto da incorporação da estrutura social e da posição social de origem no interior do próprio sujeito. Essa estrutura incorporada seria colocada em ação, no entanto, ou seja, passaria a estruturar as ações e representações dos sujeitos, em situações que diferem, em alguma medida, das situações nas quais o habitus foi formado. O sujeito precisaria então necessariamente, ajustar suas disposições duráveis para a ação, seu habitus, formado numa estrutura social anterior, à conjuntura concreta na qual age.

É importante, então, observar que o conceito de habitus desempenha, na obra de Bourdieu, o papel de elo articulador entre três dimensões fundamentais de análise: a estrutura das posições objetivas, a subjetividade dos indivíduos e as situações concretas de ação. É por meio dele que Bourdieu acredita superar os inconvenientes do subjetivismo e do objetivismo. A posição de cada sujeito na estrutura das relações objetivas propiciaria um conjunto de vivências típicas que tenderiam a se consolidar na forma de um habitus adequado à sua posição social. Esse habitus, por sua vez, faria com que esse sujeito agisse nas mais diversas situações sociais, não como um indivíduo qualquer, mas como um membro típico de um grupo ou classe social que ocupa uma posição determinada nas estruturas sociais. Ao agir dessa forma, finalmente, o sujeito colaboraria, sem o saber, para reproduzir as propriedades do seu grupo social de origem e a própria estrutura das posições sociais na qual ele foi formado.

O conceito de habitus permite, assim, a Bourdieu sustentar a existência de uma estrutura social objetiva, baseada em múltiplas relações de luta e dominação entre grupos e classes sociais – das quais os sujeitos participam e para cuja perpetuação colaboram através de suas ações cotidianas, sem que tenham plena consciência disso – sem necessitar sustentar a existência de qualquer teleologismo ou finalismo consciente de natureza individual ou coletiva. A convicção de Bourdieu é a de que as ações dos sujeitos têm um sentido objetivo que lhes escapa, eles agem como membros de uma classe mesmo quando não possuem consciência clara disso; exercem o poder e a dominação, econômica e, sobretudo, simbólica, frequentemente, de modo não intencional. As marcas de sua posição social, os símbolos que a distinguem e que a situam na hierarquia das posições sociais, as estratégias de ação e de reprodução que lhe são típicas, as crenças, os gostos, as preferências que a caracterizam, em resumo, as propriedades correspondentes a uma posição social específica são incorporadas pelos sujeitos tornando-se parte da sua própria natureza. A ação de cada sujeito tenderia, assim, a refletir e a atualizar as marcas de sua posição social e as distinções estruturais que a definem, não, em primeiro lugar, por uma estratégia deliberada de distinção e ou de dominação, mas, principalmente, porque essas marcas tornaram-se parte constitutiva de sua subjetividade. Os sujeitos não precisariam, portanto, ter uma visão de conjunto da estrutura social e um conhecimento pleno das consequências objetivas de suas ações, particularmente, no sentido da perpetuação das relações de dominação, para deliberadamente decidirem ou não a agir de acordo com sua posição social. Eles simplesmente agiriam de acordo com o que aprenderam ao longo de sua socialização no interior de uma posição social específica e, dessa forma, nos termos de Bourdieu, confeririam às suas ações um sentido objetivo que ultrapassa o sentido subjetivo diretamente percebido e intencionado.

O conceito de habitus seria, assim, o elemento central da proposta, desenvolvida por Bourdieu, de superação do subjetivismo e do objetivismo. O subjetivismo seria superado na medida em que as práticas dos sujeitos, suas atitudes e comportamentos deixam de ser compreendidos como algo definido autônoma, consciente e arbitrariamente pelos próprios sujeitos, e passam a ser interpretados como algo produzido segundo um conjunto mais ou menos estável – e diferenciado conforme a posição social de origem do indivíduo – de disposições incorporadas. Defender esse argumento significa afirmar que a subjetividade dos sujeitos é algo socialmente estruturado – no sentido de estar configurado de acordo com a posição social específica ocupada originalmente pelo sujeito na estrutura social – e que suas percepções, apreciações e ações refletem essa estruturação interna, ou seja, apresentam características que indicam a vinculação com determinada posição social. Essa afirmação contraria frontalmente qualquer perspectiva subjetivista na medida em que nega, simultaneamente, o caráter consciente e autônomo da orientação dos indivíduos na ação. Por outro lado, o objetivismo seria superado porque as estruturas sociais deixariam de ser vistas como produzindo comportamentos de uma forma mecânica. A posição que o sujeito ocupa na estrutura social não o conduziria, diretamente, a agir em determinada direção, mas faria com que ele incorporasse um conjunto específico de disposições para a ação que o orientariam, ao longo do tempo, nas mais diversas situações sociais.[6]

---

[6] Para um aprofundamento da discussão sobre o conceito de habitus, ver: NOGUEIRA, 2002.

CAPÍTULO II

A REALIDADE SOCIAL SEGUNDO BOURDIEU: O ESPAÇO SOCIAL, OS CAMPOS E OS TIPOS DE CAPITAL (ECONÔMICO, CULTURAL, SIMBÓLICO E SOCIAL)

O capítulo anterior possibilitou uma primeira aproximação em relação à obra de Bourdieu. O autor pretende se distanciar do subjetivismo e do objetivismo por meio de uma teoria da prática centrada no conceito de habitus. Os indivíduos não seriam seres autônomos e autoconscientes, nem seres mecanicamente determinados pelas forças objetivas. Eles agiriam orientados por uma estrutura incorporada, um habitus, que refletiria as características da realidade social na qual eles foram anteriormente socializados.

Cabe, agora, discutir, com mais detalhes, o modo como Bourdieu concebe e analisa a realidade social. Para tanto, parece-nos útil considerar inicialmente o papel de destaque atribuído pelo autor à dimensão simbólica ou cultural na produção e reprodução da vida social.

No primeiro capítulo de *O poder simbólico* (1989a), Bourdieu identifica e se contrapõe a três tradições sociológicas e filosóficas de reflexão sobre as produções simbólicas (moral, arte, religião, ciência, língua, etc.). A primeira, que tem em Durkheim seu maior representante sociológico, toma os sistemas simbólicos como estruturas estruturantes, como elementos que organizam o conhecimento ou mais amplamente a percepção que os indivíduos têm da realidade. A segunda, cuja origem se encontra no estruturalismo linguístico de Sausurre e que teve em Lévi-Strauss um dos seus grandes expoentes, analisa os sistemas simbólicos como estruturas estruturadas, ou seja, como realidades organizadas em função de uma estrutura subjacente que se busca identificar. Finalmente, a terceira tradição, representada sobretudo pelo marxismo, concebe os sistemas simbólicos, antes de mais nada, como instrumentos de dominação ideológica, ou seja, como recursos utilizados para legitimar o poder de determinada classe social.

Bourdieu busca estabelecer uma síntese entre essas três tradições. Em primeiro lugar, articulando as contribuições das duas primeiras, afirma que os sistemas simbólicos funcionam como estruturas estruturantes justamente porque são estruturados. Dito de outra forma, as produções simbólicas seriam capazes de organizar (estruturar) a percepção dos indivíduos e de propiciar a comunicação entre eles exatamente porque seriam internamente estruturadas, apresentariam uma organização ou lógica interna, passível de ser identificada pela investigação científica. Em segundo lugar, articulando as contribuições das duas primeiras tradições com as da terceira, Bourdieu argumenta que a estrutura presente nos sistemas simbólicos e que orienta (estrutura) as ações dos agentes sociais reproduz, em novos termos, as principais diferenciações e hierarquias presentes na sociedade, ou seja, as estruturas de poder e dominação social.

Esse duplo trabalho de síntese desenvolvido por Bourdieu implica, ao mesmo tempo, um duplo afastamento. Por um lado, em oposição a certas correntes, sobretudo marxistas, que reduzem as produções simbólicas a instrumentos de manipulação e dominação política, o autor reconhece plenamente as funções de comunicação e de conhecimento desempenhadas por essas produções. Mais do que simples ideologias (visões distorcidas da realidade produzidas com vistas à legitimação da dominação de uma classe social), os sistemas simbólicos seriam, autenticamente, sistemas de percepção, pensamento e comunicação. Por outro lado, em oposição ao que ele chama de ilusão idealista – "a qual consiste em tratar as produções ideológicas como totalidades auto-suficientes e auto-geradas, passíveis de uma análise pura e puramente interna" (1989a, p. 13) – Bourdieu enfatiza que essas produções devem suas características "aos interesses das classes ou das frações de classe que elas exprimem" e "aos interesses específicos daqueles que as produzem e à lógica específica do campo de produção" (1989a, p. 13).

O autor procura se situar, portanto, entre as perspectivas conspiratórias, que concebem as produções simbólicas como artefatos intencionalmente criados com vistas à dominação ideológica, e as perspectivas idealistas, que negam ou desconhecem o papel das construções simbólicas na manutenção e legitimação das estruturas de dominação. Segundo Bourdieu, as produções simbólicas participam da reprodução das estruturas de dominação social, porém, fazem-no de uma forma indireta e, à primeira vista, irreconhecível.

Para se compreender o papel atribuído por Bourdieu às produções simbólicas na reprodução das estruturas de dominação social, é necessário considerar, em primeiro lugar, o modo como, segundo a análise do autor, elas são geradas e classificadas. Bourdieu observa que os sistemas simbólicos podem ser "produzidos e, ao mesmo tempo, apropriados pelo conjunto do grupo ou, pelo contrário, produzidos por um corpo de especialistas e, mais precisamente, por um campo de produção e circulação relativamente autônomo" (1989a, p. 12). O conceito de *campo* é utilizado por Bourdieu, precisamente, para se referir a certos espaços de posições sociais nos quais determinado tipo de bem é produzido, consumido e classificado (Cf. BOURDIEU, 1983c). A ideia é que à medida que as sociedades se tornam maiores, e com uma divisão social do trabalho mais complexa, certos domínios de atividade se tornam relativamente autônomos. No interior desses setores ou campos da realidade social, os indivíduos envolvidos passam, então, a lutar pelo controle da produção e, sobretudo, pelo direito de legitimamente classificarem e hierarquizarem os bens produzidos.

Se tomarmos o campo literário como exemplo, é possível analisar como editores, escritores, críticos e pesquisadores das áreas de língua e literatura disputam espaço e reconhecimento para si mesmos e suas produções. Basicamente, o que está em jogo nesse campo são as definições sobre o que é boa e má literatura, de quais são as produções artísticas ou de vanguarda e quais são as puramente comerciais, de quais são os grandes escritores e de quais são os escritores menores. Mais do que isso, disputa-se constantemente a definição de quem são os indivíduos e as instituições (jornais e revistas literárias, editoras, universidades) legitimamente autorizados a classificar e a hierarquizar os produtos literários.

Em função da história pregressa do campo, alguns indivíduos e instituições, certamente, já ocupam essas posições dominantes. Esses agentes tenderão, então, conscientemente ou não, a adotar estratégias conservadoras, que visam manter a estrutura atual do campo e os critérios de classificação da produção literária vigentes, que os beneficiam. Outros indivíduos e instituições ocupariam, por sua vez, posições inferiores no interior do campo. Esses agentes tenderiam a adotar uma de duas estratégias. A primeira consistiria na aceitação da estrutura hierárquica presente no campo e, consequentemente, no reconhecimento da inferioridade ou mesmo indignidade de suas próprias produções literárias. Essa estratégia pode vir acompanhada ou não de um esforço de aproximação ou mesmo de conversão aos padrões de excelência dominantes. A segunda estratégia se refere às tentativas de contestação e subversão das estruturas hierárquicas vigentes no campo. É o que Bourdieu chama de movimentos heréticos.[7]

Cada campo de produção simbólica seria, então, palco de disputas – entre dominantes e pretendentes – relativas aos critérios de classificação e hierarquização dos bens simbólicos produzidos e, indiretamente, das pessoas e instituições que

---

[7] Os agentes tenderiam a adotar uma ou outra dessas estratégias dependendo do modo como eles se inserem no espaço social em geral e nas relações de força presentes no campo em dado momento, ou seja, conforme eles tenham ou não, na situação atual, condições objetivas para contestar o poder dos grupos dominantes.

os produzam. Da mesma forma, seria possível dizer que, no conjunto da sociedade, os agentes travam uma luta, mais ou menos explícita, em torno dos critérios de classificação cultural. Certos padrões culturais são considerados superiores e outros inferiores: distingue-se entre alta e baixa cultura, entre religiosidade e superstição, entre conhecimento científico e crença popular, entre língua culta e falar popular. Os indivíduos e as instituições que representam as formas dominantes da cultura buscam manter sua posição privilegiada, apresentando seus bens culturais como naturalmente ou objetivamente superiores aos demais. Essa estratégia está na base do que Bourdieu chama de violência simbólica: a imposição da cultura (arbitrário cultural) de um grupo como a verdadeira ou a única forma cultural existente. Os indivíduos que sustentam as formas dominadas da cultura podem, por outro lado, da mesma forma como ocorre no interior de um campo específico, adotar uma de duas estratégias diferentes. A primeira, mais comum, consiste em reconhecer a superioridade da cultura dominante e, em alguma medida, buscar se aproximar ou mesmo se converter a essa cultura. Tem-se aqui o que Bourdieu chama de "boa vontade cultural": um esforço de apropriação da cultura dominante por parte daqueles que não a possuem. A segunda consiste em se contrapor à hierarquia cultural dominante visando reverter a posição ocupada pela cultura dominada. Isso pode ser observado, por exemplo, em certas iniciativas de valorização das tradições e da cultura popular desenvolvidas por movimentos populares e por intelectuais. Bourdieu se mostra cético, no entanto, em relação às possibilidades de sucesso dessa segunda estratégia. As crenças, os valores e as tradições que compõem o que se denomina habitualmente cultura popular não constituiriam, do ponto de vista dele, um sistema simbólico autônomo e coerente, capaz de se contrapor efetivamente à cultura dominante.[8]

---

[8] Para uma análise crítica dessa posição de Bourdieu, ver, entre outros: GRIGNON, C.; PASSERON, J., 1989.

No conjunto da sociedade, tenderia a prevalecer, portanto, a imposição de um determinado arbitrário cultural como a única cultura legítima. Os indivíduos normalmente não perceberiam que os bens culturais tidos como superiores ou legítimos ocupam essa posição apenas por terem sido impostos historicamente pelos grupos dominantes. Curiosamente, esse desconhecimento do caráter arbitrário e imposto da cultura dominante se manifestaria tanto entre os membros dos grupos dominantes quanto entre os ocupantes de posições dominadas. Os primeiros seriam socializados na cultura dominante e, portanto, aprenderiam, desde muito cedo, a tomá-la como naturalmente válida. Eles não se apegariam a essa forma de cultura cinicamente, apenas por se tratar da cultura dominante, mas pelo fato de terem sido criados no interior dela. Os demais, embora não tenham sido socializados na cultura dominante e, por isso, não sejam capazes de se apropriar plenamente dessa, aprenderiam a reconhecê-la e valorizá-la. É o caso, por exemplo, do indivíduo que não domina plenamente o padrão culto da língua, mas que, apesar disso, reconhece a superioridade desse padrão de linguagem e busca, em alguma medida, adequar-se a ele.

Seja em relação a um campo específico, seja no âmbito da sociedade em geral, o que é preciso notar é que os produtos simbólicos seriam classificados e hierarquizados: alguns seriam tidos como vulgares ou, simplesmente, inferiores; outros, como distintivos ou superiores. Essas classificações incidiriam não apenas sobre os bens culturais num sentido mais estrito, como música, arte ou literatura, mas sobre todas as representações e práticas cotidianas. Assim, as preferências e práticas esportivas, os hábitos culinários, o vestuário, a mobília e a decoração da casa, as expressões corporais, as opções de lazer e de turismo, tudo seria socialmente classificado e hierarquizado (Cf. BOURDIEU, 1979, 1997). Como veremos, na perspectiva de Bourdieu, essas hierarquias culturais reforçariam, reproduziriam e legitimariam as hierarquias sociais mais amplas da sociedade, ou seja, a divisão entre grupos, classes e frações de classe dominantes e dominados. Cumpre analisar, com mais detalhes, como isso aconteceria.

Em primeiro lugar, as hierarquias culturais reforçariam as divisões sociais na medida em que elas são utilizadas para classificar os indivíduos segundo o tipo de bem cultural que eles produzem, apreciam e consomem. Os indivíduos que, de alguma forma, se envolvem com bens culturais considerados superiores, ganham prestígio e poder, seja no interior de um campo específico, seja na escala da sociedade como um todo. Pode-se dizer que, por meio desses bens, eles se distinguem dos grupos socialmente inferiorizados. Para se referir a esse poder advindo da produção, da posse, da apreciação ou do consumo de bens culturais socialmente dominantes, Bourdieu utiliza, por analogia ao capital econômico, o termo *capital cultural*. O indivíduo que domina, por exemplo, o padrão culto da língua – aquele reconhecido como legítimo (correto) pelas instâncias às quais foi socialmente atribuído o direito e o dever de avaliar e classificar as formas de linguagem (sobretudo, a escola e os especialistas das áreas de linguagem) – beneficia-se de uma série de vantagens sociais. O domínio da língua culta funciona como uma moeda (um capital) que propicia a quem o possui uma série de recompensas, seja no sistema escolar, seja no mercado de trabalho, seja até mesmo no mercado matrimonial.[9]

Seria possível falar, ainda, de tipos específicos de capital, próprios a um determinado campo de produção

---

[9] BOURDIEU (1998a) observa que o capital cultural pode se apresentar em três modalidades: objetivado, incorporado ou institucionalizado. O primeiro diz respeito à propriedade de objetos culturais valorizados (notadamente, livros e obras de arte). O segundo se refere à cultura legítima internalizada pelo indivíduo, ou seja, habilidades linguísticas, postura corporal, crenças, conhecimentos, preferências, hábitos e comportamentos relacionados à cultura dominante adquiridos e assumidos pelo sujeito. Finalmente, o terceiro se refere, basicamente, à posse de certificados escolares, que tendem a ser socialmente utilizados como atestados de certa formação cultural.

simbólica. Dentro do campo da literatura – para voltarmos ao mesmo exemplo –, o conhecimento sobre autores, estilos e obras e, sobretudo, a capacidade de produzir obras reconhecidas como de alta qualidade constituem uma forma de capital (capital literário) que propicia, a quem o detém, um poder de influência sobre o campo em questão. Pode-se assim falar de tantas formas de capital quanto sejam os campos relativamente autônomos de produção simbólica presentes em dada sociedade. Bourdieu observa que essas formas específicas de capital, embora se definam e sejam inicialmente válidas apenas no âmbito restrito de determinado campo, podem, em alguma medida, ser reutilizadas em outros campos e no universo social em geral. Assim, um indivíduo com grande capital acumulado no campo musical, por exemplo, pode, em alguma medida, buscar reinvesti-lo no campo da literatura ou das artes plásticas, assim como obter certos benefícios na sociedade em geral.[10]

As hierarquias entre bens simbólicos seriam, portanto, uma base importante para a hierarquização dos indivíduos e grupos sociais. Os indivíduos capazes de produzir, reconhecer, apreciar e consumir bens culturais tidos como superiores teriam maior facilidade para alcançar ou se manter nas posições mais altas da estrutura social. A ideia é a de que esses indivíduos teriam melhores condições de ser bem-sucedidos no sistema escolar, no mercado de trabalho e mesmo no mercado matrimonial, ou seja, nas principais instâncias em que se disputa e se decide a posição social futura dos indivíduos. Como veremos com mais detalhes na segunda parte deste livro, o sucesso escolar dependeria, em grande medida, do capital cultural possuído pelos indivíduos. O sistema escolar cobraria dos estudantes, explícita ou implicitamente, uma série de atitudes, comportamentos e conhecimentos e um conjunto de habilidades linguísticas que apenas aqueles

---

[10] Os capitais específicos de cada campo seriam, na verdade, variações dos quatro tipos principais de capital caracterizados por Bourdieu: econômico, cultural, social e simbólico. Estes dois últimos ainda serão discutidos neste capítulo.

socializados na cultura dominante poderiam apresentar. Da mesma forma, o mercado de trabalho valorizaria, para o acesso às posições de maior prestígio, não apenas o conhecimento técnico específico, mas a capacidade do candidato de se comportar e se comunicar de forma elegante, ou seja, de acordo com os padrões da cultura dominante. Finalmente, no domínio das relações sociais, o estabelecimento de um matrimônio ou mesmo de amizades com pessoas situadas nas posições mais elevadas da sociedade dependeria, em parte, da formação cultural do indivíduo. De maneira geral, as pessoas tendem, conscientemente ou não, a privilegiar relacionamentos com indivíduos com uma formação cultural semelhante à sua.

Pode-se dizer, portanto, que as hierarquias simbólicas reforçam as estruturas de dominação social na medida em que restringem a mobilidade social dos indivíduos. Como regra geral, não bastaria a um indivíduo um conhecimento técnico específico para ter acesso às posições sociais dominantes. Exigir-se-ia dele um certo capital cultural. Da mesma forma, a posse do capital econômico não seria suficiente para se ter acesso e se manter nas posições mais elevadas da sociedade. A figura do novo rico atesta isso. O indivíduo, por ter conseguido dinheiro, pode adquirir uma série de bens materiais. Isso não lhe garante, no entanto, a aceitação e o respeito por parte das camadas superiores da sociedade. Faltar-lhe-iam a linguagem, os gostos e os hábitos valorizados por essas camadas e exigidos para uma efetiva inserção no seio delas. Finalmente, uma indicação para um alto cargo numa empresa, conseguida por meio de alguma influência externa, também não garantiria o pleno acesso às camadas superiores da sociedade. Se o indivíduo indicado não possuir as competências culturais exigidas, sua inserção nas elites sociais será sempre parcial e insegura.

Se por um lado, em função de tudo o que foi dito acima, seria possível afirmar que as hierarquias simbólicas reforçam as estruturas de dominação social, por outro, de acordo com Bourdieu, seria igualmente correto dizer que essas hierarquias reproduzem, de forma eufemizada, a estrutura de dominação da sociedade. Em *La distinction* (1979), o autor contrasta as condições de existência das classes populares com aquelas experimentadas pelas classes dominantes. As primeiras seriam constrangidas pela necessidade da sobrevivência, pela escassez de recursos e pela dificuldade de planejar e se preparar para o futuro. As classes dominantes, ao contrário, viveriam num universo de abundância e facilidades, e no qual é possível se ter maior controle sobre o futuro. Bourdieu observa que essas diferenças nas condições de existência se refletem na linguagem, nos valores, nos gostos e nas práticas culturais de cada uma das classes. Os membros das classes populares valorizariam os bens materiais ou simbólicos vistos como úteis, práticos ou funcionais e rejeitariam tudo o que parece supérfluo, teórico ou abstrato. Os membros das classes dominantes, por sua vez, valorizariam os bens supérfluos, sem utilidade prática, puramente estéticos, ou seja, tudo o que atesta um distanciamento em relação ao mundo concreto e às necessidades materiais. Um bom exemplo se refere às diferenças em relação às preferências culinárias. Enquanto as classes populares valorizam a comida pesada, farta e que pode ser servida de maneira fácil e prática, as classes superiores valorizariam os pratos leves, com sabores sutis e apresentados de maneira esteticamente elaborada. Outro contraste claro se refere às preferências artísticas. Enquanto os membros das classes populares preferem as obras que retratam diretamente a realidade, que têm uma mensagem facilmente decifrável e que podem servir para pensar sobre o dia a dia, as classes dominantes valorizam as formas abstratas, o exercício estético, a ausência de qualquer mensagem direta. Bourdieu conclui que, por trás das hierarquias culturais, estão as diferenças objetivas nas condições de existência de cada grupo. Os bens simbólicos considerados superiores seriam aqueles que traduzem, de forma transfigurada, o universo das classes dominantes. As disputas, acima mencionadas, entre diferentes sistemas simbólicos seriam, assim, uma forma eufemizada de luta de classes.[11] As classificações e hierarquias que resultam dessas disputas seriam, por sua vez, uma versão simbólica das diferenças e hierarquias entre classes e frações de classes.

Em relação a esse ponto, Bourdieu se aproxima bastante da concepção marxista ou, mais amplamente, materialista, segundo a qual a produção simbólica de um indivíduo ou grupo está subordinada ou mesmo determinada pelas suas condições materiais de existência. A cultura de cada grupo basicamente traduziria, em termos simbólicos, suas condições objetivas de existência. Bourdieu, no entanto, atenua essa perspectiva materialista ao reconhecer a autonomia relativa dos campos de produção simbólica. As produções culturais refletiriam não apenas as condições objetivas da classe a qual estão ligadas, mas igualmente as condições historicamente variáveis do campo específico em que foram geradas.

Finalmente, é preciso considerar o papel de legitimação das estruturas de dominação social atribuído por Bourdieu aos sistemas simbólicos. Como foi discutido acima, as hierarquias simbólicas permitiriam reproduzir, de forma eufemizada e dissimulada, as diferenças e hierarquias existentes entre as classes e frações de classe. A tese central de Bourdieu é a de que os indivíduos normalmente não percebem que a cultura dominante é a cultura das classes dominantes e, mais do que isso, que ela ocupa posição de destaque justamente por representar os grupos dominantes. Eles acreditam que esse padrão cultural ocupa uma posição elevada nas hierarquias culturais por ser intrinsecamente superior aos demais. Em outras palavras, os indivíduos perceberiam como hierarquias apenas simbólicas o que seriam, principalmente, hierarquias sociais entre grupos e classes.

Segundo Bourdieu, essa transfiguração das hierarquias sociais em hierarquias simbólicas permitiria a legitimação ou justificação das diferenças e hierarquias sociais. Ela permite, por um lado, que o indivíduo que ocupa as posições

---

[11] Bourdieu utiliza o termo "lutte des classements", ou seja, "luta de classificações".

sociais mais elevadas se sinta merecedor de sua posição social. Esse indivíduo tende a acreditar que sua localização social não se deve a uma estrutura de dominação, mas que, ao contrário, se justifica por suas qualidades culturais intrinsecamente superiores: conforme o caso, sua inteligência, seu conhecimento, sua elegância ou seu refinamento social. Por outro lado, essa transfiguração das estruturas de dominação social em hierarquias culturais faria com que os indivíduos localizados nas posições dominadas da sociedade tendessem a admitir sua inferioridade e a reconhecer a superioridade dos dominantes. Esses indivíduos aceitariam sua posição social baseados na percepção de que são incultos, mal informado ou mesmo pouco inteligentes.[12]

Em síntese, Bourdieu desenvolve três argumentos básicos relativos ao papel dos sistemas simbólicos ou culturais na produção e reprodução das estruturas sociais. Antes de mais nada, eles seriam formas de percepção e representação da realidade. Os indivíduos criariam, sustentariam e defenderiam seus sistemas simbólicos no âmbito da sociedade em geral ou no interior de um campo específico. Como resultado da disputa e da dominação entre os representantes de diferentes produções simbólicas, estabelecer-se-iam hierarquias culturais. Certas produções seriam consideradas superiores e outras inferiores. Os indivíduos capazes de produzir ou, pelo menos, de identificar, apreciar e usufruir as produções consideradas superiores ganhariam maior prestígio e poder na sociedade em geral ou no campo específico de produção simbólica em questão. Nos termos de Bourdieu, pode-se dizer que eles acumulariam capital cultural em geral ou uma forma específica desse capital. Inversamente, os indivíduos que produzem, apreciam e usufruem de produções simbólicas tidas como inferiores assumem uma posição subalterna na sociedade ou pelo

---

[12] Bourdieu observa que as classificações escolares, por exemplo, estão na base de uma espécie de "racismo da inteligência", que transforma as diferenças de "inteligência", de dons, isto é, em diferenças de "natureza" (BOURDIEU, 1983c, p. 207).

menos no campo em questão. Os sistemas simbólicos seriam, portanto, em si mesmos uma base a partir da qual se constitui e se exerce o poder na sociedade.

Em segundo lugar, Bourdieu observa que os sistemas simbólicos seriam um meio capaz de traduzir e, portanto, escamotear, dissimular, eufemizar as hierarquias sociais. A correspondência, identificada pelo autor entre formas culturais e classes sociais, não seria facilmente percebida pelos agentes sociais. Estes tenderiam, então, a viver como hierarquias culturais, o que, em última instância, seriam hierarquias ou relações de dominação social.

Em terceiro lugar, o autor observa que, ao traduzir simbolicamente, de forma irreconhecível, as hierarquias sociais, os sistemas culturais contribuiriam para legitimar (justificar) essas hierarquias. Como foi discutido, as diferenças de poder passam a ser percebidas apenas como diferenças de conhecimento, de inteligência, de competência, de estilo, ou, simplesmente, de cultura.

Ao atribuir toda essa importância à dimensão simbólica ou cultural na reprodução das estruturas de dominação social, Bourdieu rompe, antes de mais nada, com o economicismo, com a tendência a conceber a estrutura social e a posição dos atores no interior dela apenas com base na dimensão econômica. Contrapondo-se a essa perspectiva, o autor enfatiza que a estrutura social se define em função do modo como se distribuem, em dada sociedade, diferentes formas de poder, ou seja, diferentes tipos de capital. A noção de *espaço social*, formulada por Bourdieu, pretende apreender, justamente, esse caráter multidimensional da realidade social. Segundo o autor (BOURDIEU, 1979, 1997), é possível representar a estrutura social em termos do modo como os agentes se distribuem em relação a dois eixos transversais dispostos na forma de uma cruz. O eixo vertical diz respeito ao volume global de capitais possuído pelo agente. O eixo horizontal se refere à estrutura interna desse patrimônio, ou seja, ao peso relativo que cada tipo de capital tem no volume total de capitais possuídos pelo indivíduo.

No caso das modernas sociedades capitalistas, os dois tipos mais importantes de capital seriam o cultural e o econômico. Assim, em um eixo vertical seria possível distribuir os agentes ou grupos de agentes em função do volume global que eles possuem desses capitais.

Espaço das posições sociais e espaço dos estilos de vida – (Diagrama das páginas 140 e 141 da La distinction, simplificado e reduzido a alguns indicadores significativos em termos de bebidas, esportes, instrumentos musicais ou jogos sociais.) A linha pontilhada indica o limite entre a orientação provável para a direita ou para a esquerda. BOURDIEU, Pierre. *Razões práticas – Sobre a teoria da ação*. São Paulo: Papirus, 1997.

Na parte superior, estariam os detentores de grande volume de capital. Bourdieu cita, entre outros, os empresários, os profissionais liberais, os professores universitários e os artistas. Na parte inferior, estariam os detentores de um volume menor. O autor menciona os técnicos, os operários, os professores primários, os artesãos, os trabalhadores rurais, entre outros. Essa primeira divisão corresponderia à contraposição, apontada por Bourdieu, entre classes dominantes e dominadas. Cada uma dessas partes seria, por outro lado, subdividida – tendo como referência o eixo horizontal e transversal em relação ao primeiro – conforme o peso maior do capital econômico ou cultural na composição do patrimônio de seus agentes. Assim, teríamos, na parte superior, a diferença entre elites culturais e empresariais. Da mesma forma, entre os dominados, poderíamos contrastar, por exemplo, a situação dos professores primários, cujo patrimônio está baseado na posse de algum capital cultural, com a dos pequenos comerciantes, cujo principal recurso é econômico. Essas diferenças no peso de cada um dos capitais no patrimônio total dos indivíduos corresponderiam às diferenças entre frações de classe.

A ideia de Bourdieu é, portanto, a de que os indivíduos ocupariam posições diferenciadas e mais ou menos privilegiadas na estrutura social em função do volume e da natureza dos seus recursos. Alguns teriam muito capital econômico e pouco cultural, outros pouco econômico e muito cultural, alguns teriam pouco dos dois e, finalmente, alguns teriam muito dos dois.

Além disso, para uma análise mais fina, Bourdieu considera a influência do *capital social* e do *capital simbólico*. O primeiro se refere ao conjunto das relações sociais (amizades, laços de parentesco, contatos profissionais, etc.) mantidas por um indivíduo. O autor observa que os indivíduos podem se beneficiar dessas relações para adquirirem benefícios materiais (um empréstimo, uma bolsa de estudos ou uma indicação para um emprego, por exemplo) ou simbólicos (prestígio decorrente da participação em círculos sociais dominantes). O volume de capital social de um indivíduo seria definido em função da amplitude de seus contatos sociais e, principalmente, da qualidade desses contatos, ou seja, da posição social (volume de capital econômico, cultural, social e simbólico) das pessoas com quem ele se relaciona.

Finalmente, o capital simbólico diz respeito ao prestígio ou à boa reputação que um indivíduo possui num campo específico ou na sociedade em geral. Esse conceito se refere, em outras palavras, ao modo como um indivíduo é percebido pelos outros. Geralmente, essa percepção está diretamente associada à posse dos outros três tipos de capital, mas não necessariamente. Um indivíduo pode continuar a ser visto como rico, graças à manutenção de certos sinais exteriores de riqueza, quando, na verdade, já perdeu, ou nunca teve, uma grande fortuna. Da mesma forma, possuir um sobrenome socialmente reconhecido como importante pode conferir a um indivíduo certo capital simbólico que não corresponde, necessariamente, aos seus capitais econômico, cultural e social.

Na perspectiva de Bourdieu, a realidade social se estrutura, então, em função de diferentes formas de riqueza. Cada indivíduo, a cada momento, contaria com um volume e uma variedade específica de recursos, trazidos do "berço" ou acumulados ao longo de sua trajetória social, que lhe assegurariam determinada posição no espaço social. Esses recursos seriam investidos pelos indivíduos em diferentes mercados (econômico, de trabalho, cultural, escolar, matrimonial, entre outros) de forma a garantir sua ampliação e acumulação. A lógica do mercado, do investimento, da rentabilidade e da acumulação não seria exclusiva do campo econômico. De acordo com Bourdieu, as diferentes esferas da vida social funcionariam com uma dinâmica análoga à econômica. Como veremos melhor na segunda parte do livro, o universo escolar, por exemplo, poderia ser considerado como um mercado no qual os indivíduos investem um volume maior ou menor de recursos – sobretudo capital cultural – e obtêm, em função disso, retorno mais ou menos elevado, na forma de sucesso escolar e de diplomas (capital cultural institucionalizado), que pode, por sua vez, ser reinvestido, por exemplo, nos mercados de trabalho e matrimonial. A ideia fundamental de Bourdieu é a de que os capitais são instrumentos de acumulação. Quanto maior o volume possuído e investido pelo indivíduo em determinado mercado, maiores suas possibilidades de ter um bom retorno.

De acordo com o autor, as decisões de investimento não seriam, no entanto, fruto de um cálculo racional plenamente consciente. Voltamos aqui ao conceito de habitus. Segundo Bourdieu, cada grupo social, em função de sua posição no espaço social, iria constituindo ao longo do tempo um conhecimento prático sobre o que é possível ou não de ser alcançado pelos seus membros dentro da realidade social concreta na qual eles agem e sobre as formas mais adequadas de fazê-lo. Dada a posição do grupo no espaço social e, portanto, de acordo com o volume e os tipos de capital (econômico, social, cultural e simbólico) possuídos por seus membros, certas estratégias de ação seriam mais seguras e rentáveis e outras, mais arriscadas. Na perspectiva de Bourdieu, ao longo do tempo, as melhores estratégias acabariam por ser adotadas pelos grupos e seriam, então, incorporadas pelos agentes como parte do seu habitus.

Assim, as famílias cuja principal riqueza é econômica tenderiam a adotar prioritariamente estratégias voltadas para a reprodução do capital econômico. Dessa maneira, transmitiriam aos seus filhos, involuntariamente, a percepção de que é basicamente por meio desse recurso que eles podem manter ou elevar sua posição social. Por outro lado, famílias ricas sobretudo em capital cultural tenderiam a priorizar o investimento escolar e a transmitir aos seus filhos a percepção de que sua posição social futura depende principalmente do sucesso escolar.

Os indivíduos não precisariam, portanto, a cada momento, fazer um cálculo consciente para decidirem as melhores estratégias a serem utilizadas para manter ou elevar sua posição social. Eles herdariam de sua socialização familiar um habitus, um "senso do jogo", um conhecimento prático sobre como lidar com os constrangimentos e oportunidades associados à sua posição social. Como foi visto no capítulo anterior, por meio do conceito de habitus, Bourdieu pretende explicar, justamente, o fato das ações dos agentes serem, via de regra, as mais adequadas às suas condições objetivas de existência, sem serem o produto de um ajustamento intencional a essas condições (como suporia uma perspectiva subjetivista), nem o resultado de uma determinação direta do meio externo sobre a ação (como suporia uma perspectiva objetivista). A ideia do autor é a de que os indivíduos iriam aprendendo desde cedo, na prática, que determinadas estratégias ou objetivos são possíveis ou mesmo desejáveis para alguém com sua posição social e que outros são inalcançáveis. Esse conhecimento prático iria, aos poucos, se incorporando e se transformando em disposições para a ação. Os indivíduos portadores de um grande volume de capitais tenderiam, assim, a sustentar um nível de aspiração social elevado e a se colocar objetivos mais ambiciosos e arriscados. Os que detêm menor volume de capital tenderiam, por sua vez, a demonstrar um nível baixo de aspiração social, perseguindo fins compatíveis com suas limitações objetivas. Existiriam ainda, como já foi dito, diferenças segundo o tipo de capital predominante no patrimônio individual. Os indivíduos tenderiam a investir mais naquelas áreas em que, em função da composição de seu capital, eles têm maiores probabilidades de sucesso.

É importante notar que esse ajustamento entre as ações e as condições objetivas de existência, realizado por intermédio do habitus, não seria, no entanto, necessariamente, perfeito. Em primeiro lugar, alguns indivíduos podem, ao longo de sua trajetória de vida, acumular grande volume de capitais, alterando assim sua posição na estrutura social. Pode-se dizer que esses indivíduos passam a ter um habitus inadequado às suas condições atuais de existência. O indivíduo pode continuar, por exemplo, com uma disposição acentuada para a contenção de gastos, sendo que na sua nova condição social, isso não é mais necessário. Situação análoga ocorreria nos casos de grande declínio social nos quais o indivíduo se mantém com gostos, preferências e disposições para a ação inadequados à sua nova condição. Esses dois exemplos caracterizam o que Bourdieu chama de "histeresis", a tendência do habitus a permanecer no indivíduo ao longo do tempo, mesmo que as condições objetivas que o produziram e que estão nele refletidas tenham se alterado.[13]

Outra possibilidade de desajustamento entre habitus e condições objetivas de existência corresponderia aos casos em que o que ocorre é uma transformação rápida dos mecanismos de reprodução das posições sociais. Os membros de uma fração tradicional da elite econômica, por exemplo, podem ter incorporado a percepção de que não precisam de uma escolarização em nível superior para se manterem em posição dominante na sociedade. Uma mudança rápida na estrutura econômica e social (como a que se verificou em muitos países em função da modernização, industrialização e urbanização aceleradas) pode, no entanto, transformar esse nível de escolaridade em algo indispensável mesmo para esses indivíduos (ao menos como forma de legitimar a herança econômica). Tem-se, então, um descompasso entre o que sugere o habitus incorporado e a realidade social.[14]

---

[13] Bourdieu toma emprestado da Física o termo "histeresis", que designa, nessa disciplina, um efeito que se prolonga mesmo após o desaparecimento da causa, numa espécie de inércia.

[14] BOURDIEU (1998c) fala, nesses casos, da existência de processos de reconversão por meio dos quais um grupo social transforma determinado tipo de patrimônio (capital econômico, cultural, social ou simbólico) em outro, como forma de se adaptar a uma nova conjuntura. As elites econômicas, por exemplo, podem passar a investir mais na escola como forma de adquirir os certificados escolares necessários nas sociedades modernas. Esses processos de adaptação nem sempre seriam suficientemente rápidos, no entanto, para evitar desencontros entre um habitus formado numa situação anterior e o contexto atual de ação.

Esses casos de desajustamento entre o habitus e as condições objetivas de existência nos mostram que o espaço social, na perspectiva de Bourdieu, seria algo dinâmico. Os indivíduos estariam constantemente em disputa, buscando manter ou elevar sua posição nas hierarquias sociais. Nessa luta, eles utilizariam uma série de estratégias ditadas pelo conhecimento prático que eles possuem do sentido do jogo. Esse conhecimento, adquirido ao longo de sua socialização passada e incorporado na forma do habitus, nem sempre seria capaz de guiá-los, no entanto, da melhor forma, na conjuntura presente.

| SEGUNDA PARTE

A SOCIOLOGIA DA EDUCAÇÃO DE PIERRE BOURDIEU

Os estudos de Bourdieu no campo da Educação estenderam-se ao longo de seus mais de 40 anos de vida científica. Iniciaram-se nos primórdios da década de 1960, quando de sua passagem como docente pela Faculdade de Letras de Lille e foram realizados, nesse primeiro momento, em parceria com Jean-Claude Passeron. Obras como *Os herdeiros*, de 1964, e, sobretudo, *A reprodução*, de 1970, trouxeram-lhe notoriedade mundial. Esta última costuma ser tomada, aliás de maneira equivocada, como a quinta-essência de sua teoria sociológica em Educação.

Na verdade, a questão educacional está presente, e de modo importante, no decorrer de toda a obra do sociólogo francês, indo da atenção inicialmente concentrada nos mecanismos escolares de reprodução cultural e social, até a preocupação – enfatizada nos textos subsequentes – com as "estratégias" de utilização do sistema escolar postas em prática pelos diferentes agentes e grupos sociais. Ao longo de todo esse percurso científico, Bourdieu não renunciou ao núcleo duro de seu empreendimento teórico, embora tivesse, mais recentemente, dado atualidade a suas análises em função da nova conjuntura escolar, ideológica e, mesmo, sociológica.

Assim, em seu texto "Os excluídos do interior" (em co-autoria com Patrick Champagne), originalmente publicado na revista *Actes de la Recherche en Sciences Sociales*, em 1992, e posteriormente reproduzido no livro *A miséria do mundo*, de 1993, ele manteve sua crítica às concepções da escola como instância democratizadora e difusora de uma cultura universal e racional, e sua afirmação do caráter de classe inscrito em suas formas de recrutamento do público, em seu funcionamento pedagógico e em seus efeitos sobre o destino social e profissional dos egressos. Mas agora constatando que, com o acesso de novas clientelas à escolarização, as desigualdades escolares mudaram de forma e se deslocaram no tempo, operando de forma mais sutil ou mesmo imperceptível, sem, contudo, desaparecer ou diminuir de importância.

Outra forma de renovação do pensamento manifesta-se na preocupação, dos últimos anos, com a influência da escolarização e dos veredictos escolares sobre a subjetividade e a construção das identidades individuais. O texto "As contradições da herança", de 1993, também contido no livro *A miséria do mundo*, trata das formas de sofrimento social que têm origem na família e na escola, tal qual o caso do "trânsfuga" de classe que, graças à consagração escolar, vive uma situação de ascensão social que o afasta de seu meio social de origem e de seus entes mais significativos, causando a uns e outros uma dolorosa contradição interna.

Vejamos, então, em linhas gerais, o instrumental e a lógica conceitual com base nos quais Bourdieu forjou suas análises críticas sobre as funções sociais e o funcionamento da instituição escolar.

CAPÍTULO III

A HERANÇA FAMILIAR DESIGUAL E SUAS IMPLICAÇÕES ESCOLARES

A especificidade da Sociologia da Educação de Bourdieu e a peculiaridade de sua discussão sobre a questão da herança cultural familiar tornam-se mais claras quando se consideram as preocupações teóricas mais amplas que caracterizam o conjunto da obra do autor, notadamente seu esforço para evitar tanto o objetivismo quanto o subjetivismo (cf. capítulo I deste livro).

O ator da Sociologia da Educação de Bourdieu não é nem o indivíduo isolado, consciente, reflexivo, tampouco o sujeito determinado, mecanicamente submetido às condições objetivas em que ele age. Antes de mais nada, contrapondo-se ao subjetivismo, Bourdieu nega, da forma mais radical possível, o caráter autônomo do sujeito individual. Cada indivíduo é caracterizado, pelo autor, em termos de uma bagagem socialmente herdada. Essa bagagem inclui, por um lado, certos componentes objetivos, externos ao indivíduo, e que podem ser postos a serviço do sucesso escolar. Fazem parte dessa primeira categoria, o capital econômico, tomado em termos dos bens e serviços a que ele dá acesso, o capital social, definido como o conjunto de relacionamentos sociais influentes mantidos pela família, além do capital cultural institucionalizado, formado basicamente por títulos escolares. Por outro lado, o patrimônio transmitido pela família inclui também certos componentes que passam a fazer parte da própria subjetividade do indivíduo, sobretudo, o capital cultural em seu estado "incorporado". Como elementos constitutivos do capital cultural incorporado, merecem destaque a chamada "cultura geral" (expressão sintomaticamente vaga e indefinida porque designa saberes difusos e adquiridos de modo variado e informal); o domínio maior ou menor da língua culta; o gosto e o "bom-gosto" (em matéria de arte, lazer, decoração, vestuário, esportes, paladar, etc.); as informações sobre o mundo escolar.

Cabe, desde já, observar que, do ponto de vista de Bourdieu, o capital cultural constitui (sobretudo, na sua forma incorporada[15]) o elemento da herança familiar que teria o maior impacto na definição do destino escolar. A Sociologia da Educação de Bourdieu se notabiliza, justamente, pela diminuição que promove do peso do fator econômico, comparativamente ao cultural, na explicação das desigualdades escolares.

Em primeiro lugar, a posse de capital cultural favoreceria o desempenho escolar na medida em que facilitaria a aprendizagem dos conteúdos e dos códigos (intelectuais, linguísticos, disciplinares) que a escola veicula e sanciona. Os esquemas mentais (as maneiras de pensar o mundo), a relação com o saber, as referências culturais, os conhecimentos considerados legítimos (a "cultura culta" ou a "alta cultura") e o domínio maior ou menor da língua culta, trazidos de casa por certas crianças, facilitariam o aprendizado escolar tendo em vista que funcionariam como elementos de preparação e de rentabilização da ação pedagógica, possibilitando o desencadeamento de relações íntimas entre o mundo familiar e a cultura escolar. A educação escolar, no caso das crianças oriundas de meios culturalmente favorecidos, seria uma espécie de continuação da educação familiar, enquanto para as outras crianças significaria algo estranho, distante, ou mesmo, ameaçador.

---

[15] Ver: "Os três estados do capital cultural" (BOURDIEU, 1998a).

A posse de capital cultural favoreceria o êxito escolar, em segundo lugar, porque propiciaria melhor desempenho nos processos formais e informais de avaliação. Bourdieu observa que a avaliação escolar vai muito além de simples verificação das aprendizagens, incluindo verdadeiro julgamento cultural, estético e, até mesmo, moral dos alunos. Cobra-se que os alunos tenham um estilo elegante de falar, de escrever e até mesmo de se portar; que se mostrem sensíveis às obras da cultura legítima, que sejam intelectualmente curiosos, interessados e disciplinados; que saibam cumprir adequadamente as regras da "boa educação". Essas exigências só podem ser plenamente atendidas por quem foi previamente (na família) socializado nesses mesmos valores.

Vale ainda destacar a importância de um componente específico do capital cultural, constituído pelo capital de informações sobre a estrutura e os modos de funcionamento do sistema de ensino ("uma das mediações através das quais o sucesso escolar – e social – se vincula à origem social" – BOURDIEU, 1997, p. 42). Não se trata aqui apenas do conhecimento maior ou menor que se possa ter da organização formal do sistema escolar (ramos de ensino, cursos, estabelecimentos), mas, sobretudo, da compreensão que se tenha das hierarquias mais ou menos sutis que distinguem as ramificações escolares do ponto de vista de sua qualidade acadêmica, prestígio social e retorno financeiro. Esse conhecimento é fundamental para que os pais formulem estratégias de forma a orientar, de modo o mais eficaz possível, a trajetória dos filhos, sobretudo nos momentos de decisões cruciais (continuação ou interrupção de estudos, mudança de estabelecimento, escolha do curso superior, etc.). Esse tipo específico de capital cultural é proveniente, vale observar, não apenas da experiência escolar (e profissional, no caso dos pais professores) vivida diretamente pelos pais, mas também do contato pessoal com amigos e outros parentes que possuam familiaridade com o sistema educacional. Vê-se, nesse caso, a importância do capital social como instrumento de acumulação do capital cultural. Na verdade, o capital econômico e o social funcionam, muitas vezes, apenas como meios auxiliares na acumulação do capital cultural. No caso do capital econômico, permitindo o acesso a determinados estabelecimentos de ensino e a certos bens culturais mais caros, como os produtos e serviços paraescolares e as viagens de estudo, por exemplo. O aproveitamento e o benefício escolar extraído dessas oportunidades dependem sempre, no entanto, do capital cultural previamente possuído.

O patrimônio herdado por cada indivíduo não poderia ser entendido, no entanto, simplesmente, como um conjunto mais ou menos rentável de capitais que cada indivíduo utiliza com base em critérios definidos de modo idiossincrático. Como visto no capítulo anterior, segundo Bourdieu, cada grupo social, em função das condições objetivas que caracterizam sua posição na estrutura social, constituiria um sistema específico de disposições e de predisposições para a ação que seria incorporado pelos indivíduos na forma do habitus. A ideia de Bourdieu é a de que, pelo acúmulo histórico de experiências de êxito e de fracasso, os grupos sociais iriam construindo um conhecimento prático (não plenamente consciente) daquilo que está e daquilo que não está ao alcance dos membros do grupo – dentro da realidade social na qual eles estão inseridos –, e das formas mais apropriadas de ação. Por meio de um processo denominado "causalidade do provável" (cf. Bourdieu, 1998b), os indivíduos iriam internalizando suas chances (isto é, suas probabilidades objetivas) de acesso a esse ou àquele bem (material ou simbólico), numa dinâmica de transformação das condições objetivas em esperanças subjetivas. De acordo com a posição do grupo no espaço social, ou seja, de acordo com o volume e os tipos de capital detidos (econômico, social, cultural e simbólico), certas estratégias se apresentariam como mais seguras e mais rentáveis, ao passo que outras comportariam mais riscos. Na ótica de Bourdieu, no decorrer do tempo, por um processo não deliberado de ajustamento entre investimentos e condições objetivas de ação, as estratégias mais adequadas, mais viáveis, seriam adotadas pelos grupos e incorporadas pelos sujeitos como parte do seu habitus.

Aplicado à educação, esse raciocínio indica que os grupos sociais, com base nas experiências e nos exemplos de sucesso e fracasso no sistema escolar vividos por seus membros, formulam uma estimativa de suas chances objetivas no universo escolar e passam a adequar, inconscientemente, seus investimentos a essas chances. Concretamente, isso significa que os membros de cada grupo social tenderão a fazer projetos, mais ou menos ambiciosos e a investir uma parcela maior ou menor dos seus esforços – medidos em termos de tempo, energia e recursos financeiros – na carreira escolar dos seus filhos conforme percebam serem maiores ou menores as probabilidades de êxito.

Mas a natureza e a intensidade dos investimentos escolares variariam, ainda, em função do grau em que a reprodução social de cada grupo (manutenção da posição estrutural atual ou da tendência à ascensão social) depende do sucesso escolar dos seus membros.

> O "interesse" que um agente (ou uma classe de agentes) tem pelos "estudos" (e que é, juntamente com o capital cultural herdado, do qual ele depende parcialmente, um dos fatores mais poderosos do sucesso escolar), depende não somente de seu êxito escolar atual ou pressentido (i.e., de suas chances de sucesso dado seu capital cultural), mas também do grau em que seu êxito social depende de seu êxito escolar (BOURDIEU, 1989, p. 393).

Assim, as elites econômicas, por exemplo, não precisariam investir tão pesadamente na escolarização dos seus filhos quanto certas frações das classes médias que devem sua posição social, quase que exclusivamente, à certificação escolar.

Bourdieu (1998c) observa também, em terceiro lugar, que o grau de investimento na carreira escolar está relacionado ao retorno provável, intuitivamente estimado, que se pode obter com o certificado escolar, não apenas no mercado de trabalho, mas também nos diferentes mercados simbólicos, como o matrimonial, por exemplo. Esse retorno, ou seja, o valor do diploma nos diversos mercados, variaria em função de sua maior ou menor oferta no mercado escolar. Quanto mais amplo for o acesso a um título escolar, maior a tendência a sua desvalorização. Esse fenômeno de massificação/banalização do diploma (associado à extensão de certos bens escolares a públicos anteriormente deles excluídos) e de sua correlativa perda de valor, Bourdieu chamou de "inflação de títulos escolares".[16]

> É claro que não se pode fazer com que as crianças oriundas das famílias mais desprovidas econômica e culturalmente tenham acesso aos diferentes níveis do sistema escolar e, em particular, aos mais elevados, sem modificar profundamente o valor econômico e simbólico dos diplomas [...]. Os alunos ou estudantes provenientes das famílias mais desprovidas culturalmente têm todas as chances de obter, ao fim de uma longa escolaridade, muitas vezes paga com pesados sacrifícios, um diploma desvalorizado (BOURDIEU; CHAMPAGNE, 1998, p. 221).

Em termos objetivos, o retorno obtido por um diploma dependeria também do estado das relações – em cada momento histórico – entre o campo escolar e o campo econômico, o qual determina o grau de correspondência entre o diploma e os postos profissionais (cf. BOURDIEU; BOLTANSKI, 1998). De tal forma que, nos momentos de excessiva produção de diplomados em relação ao número de novos postos correspondentes no sistema produtivo, haveria uma desvalorização do certificado escolar.

É preciso notar ainda que o crescimento das taxas de escolarização e sua extensão a novas clientelas faz acirrar a concorrência entre os grupos sociais pela posse do capital

---

[16] Trata-se da mesma lógica que acarreta a perda ou diminuição do poder de distinção social de um bem material, todas as vezes em que ele se torna acessível a um grupo social até então excluído de sua apropriação e consumo (cf. BOURDIEU, 1979).

escolar e cultural. A principal consequência disso, no plano das desigualdades, reside no fato de que os antigos detentores desses bens tenderão a deslocar suas estratégias escolares seja em direção a níveis cada vez mais altos do sistema escolar (estudos de graduação, pós-graduação, etc.), seja em direção a estabelecimentos, ramos de ensino ou tipos de escolarização mais seletivos ou mais raros (estabelecimentos de excelência, escolas internacionais ou bilíngues, estudos no exterior, por exemplo), dos quais procuram deter a exclusividade. Trata-se de um processo denominado por Bourdieu de "translação global das distâncias" (cf., por exemplo, BOURDIEU, 1998c; BOURDIEU; CHAMPAGNE, 1998), por meio do qual as distâncias que separam os diferentes grupos sociais, em termos culturais e escolares, manter-se-iam e reconstituir-se-iam incessantemente, embora em patamares variados.

Vale fazer aqui – em razão de sua importância – uma observação paralela: para o sociólogo francês, as transformações estruturais por que passam os sistemas de ensino resultariam fundamentalmente dessas modificações nas estratégias de seus usuários:

> Por exercer não só funções de reprodução da força qualificada de trabalho (que chamaremos, para simplificar, função de reprodução técnica), mas também funções de reprodução da posição dos agentes e de seu grupo na estrutura social (função de reprodução social), posição que é relativamente independente da capacidade propriamente técnica, o sistema de ensino depende *menos diretamente das exigências do sistema de produção do que das exigências da reprodução do grupo familiar* (BOURDIEU; BOLTANSKI, 1998, p. 130, grifos dos autores).

Além disso, com base na constatação estatística de que, com um mesmo diploma, jovens com origem social mais elevada tendem a obter, no mercado de trabalho, um rendimento maior de seus certificados escolares do que seus colegas pertencentes a meios sociais mais desfavorecidos, Bourdieu formulou o que chamou de "lei do rendimento diferencial do diploma" (BOURDIEU, 1979). Segundo o autor, o valor de um título escolar dependeria também, em parte, da capacidade diferenciada que cada grupo social e, dentro dele, que cada indivíduo possui de tirar proveito desse título. Os detentores de capital econômico e social podem, por exemplo, maximizar os benefícios potenciais de um diploma através da criação de condições mais favoráveis a sua utilização. Esse é o caso de certos filhos de profissionais liberais (advogados, médicos, dentistas, etc.) que, ao se formarem nas mesmas profissões dos pais, recebem não apenas um escritório ou consultório montado ou uma carteira de clientes, mas também toda uma rede de contatos profissionais; sem falar da eventual herança de um capital simbólico associado a um sobrenome.

Para resumir o raciocínio global acima exposto, o argumento de Bourdieu, em relação a esse ponto, é o de que, em função de sua situação objetiva – volume e tipos de capital possuídos, dependência maior ou menor do certificado escolar para a manutenção da posição social e valor estimado do retorno que se pode obter com esse certificado – cada grupo social adotaria – na maior parte do tempo, de modo inconsciente – um conjunto específico de estratégias diante da escola e dos estudos. Essas estratégias do grupo tenderiam, ao longo do tempo, a ser incorporadas pelo próprio sujeito – por meio de um processo contínuo e difuso de socialização familiar – como parte de seu habitus familiar ou de classe.

No plano mais global do funcionamento social, as estratégias escolares dos diferentes grupos sociais constituiriam – em razão da importância crescente do diploma na estruturação das posições sociais – um ponto central no conjunto das diversas estratégias de reprodução social (estratégias educativas, econômicas, matrimoniais, de fecundidade, de sucessão, de reconversão, dentre outras), e somente em relação a elas podem ser entendidas. É que as estratégias de reprodução constituiriam um todo interligado, uma unidade de fenômenos que ganham todo seu sentido apenas quando entendidos uns em relação aos outros, uma vez que concorrem juntos para um mesmo fim, a saber, a reprodução do grupo no espaço social. O autor cita, à guisa de exemplo, a relação direta entre as estratégias de fecundidade e as estratégias educativas atestada pela forte correlação estatística entre as oportunidades escolares e o tamanho da família (número de filhos), ou, a interdependência entre as estratégias matrimoniais e as estratégias escolares, na medida em que a escolha dos estabelecimentos de ensino por parte de certos grupos leva em conta, sobretudo, a qualidade social da clientela escolar, o que trabalha para assegurar altas taxas de endogamia, isto é, de casamentos no interior do próprio grupo social.

Cabe esclarecer também que as estratégias escolares não constituem senão um "aspecto particular" das estratégias educativas que recobrem um campo bem mais vasto destinado a "produzir agentes sociais capazes e dignos de receberem a herança do grupo, isto é, de serem herdados pelo grupo" (BOURDIEU, 1998b, p. 116). E isso é bem mais amplo (e mais estendido no tempo) do que a tarefa realizada pela escolarização, porque implica todo o processo por meio do qual a família produz o agente social, entendido como um sujeito munido das competências, habilidades e disposições adequadas para ocupar determinado lugar social.

O autor lembra ainda que, dentre todas as estratégias educativas, a mais importante (e a mais dissimulada) é a transmissão doméstica do capital cultural que depende de um investimento em tempo e em transmissão cultural, e que assegura o mais alto rendimento em termos de resultado escolar. Nesse ponto, o autor polemiza com os economistas que costumam acreditar que o mais importante dos investimentos educativos é aquele direto de recursos monetários na escolarização dos filhos.

É importante observar que Bourdieu distingue frequentemente três conjuntos de disposições e de estratégias de investimento escolar que seriam adotadas tendencialmente pelas classes populares, pelas classes médias (ou pequena burguesia) e pelas elites (culturais ou econômicas).

A – As classes populares e a lógica da necessidade

Ocupando a posição mais dominada no espaço das classes sociais, as classes populares caracterizar-se-iam, antes de mais nada, pelo pequeno volume de seu patrimônio, qualquer que seja o tipo de capital considerado. Suas condições de existência condicionam, assim, um estilo de vida marcado pelas pressões materiais e pelas urgências temporais, o que inibe a constituição de disposições de distanciamento ou de desenvoltura em relação ao mundo e aos outros. Por exemplo, em matéria de disposições estéticas, a lógica da necessidade conduz frequentemente as classes populares a escolhas pragmáticas que desprezam a gratuidade da "arte pela arte" ou a "futilidade" dos exercícios formais de estilo. É por isso que Bourdieu usa, para defini-las, a expressão "escolha do necessário" (cf. BOURDIEU, 1979), que se refere ao princípio que estaria na base de suas condutas.

Ao manifestarem sentimentos de incompetência ou de indignidade cultural, elas dariam provas do reconhecimento da cultura legítima (isto é, do desconhecimento da arbitrariedade cultural), o qual, em boa parte, lhes foi inculcado pela própria experiência escolar restrita, a mesma que lhes negou o conhecimento dessa cultura,[17] por meio de processos que serão melhor explicitados mais à frente.

Em razão do processo – já discutido – de internalização das chances objetivas, essas classes desenvolvem um senso prático relativo ao que lhes é possível alcançar, bem como ao que lhes é inacessível, o que protege contra ambições desmesuradas ou projetos inatingíveis. Tendem, assim, a encarar a ascensão social menos como acesso a

---

[17] É bastante conhecida a afirmação de Bourdieu de que "as classes sociais se distinguem menos pelo grau em que reconhecem a cultura legítima do que pelo grau em que elas a conhecem" (BOURDIEU, 1983b, p. 94).

altas posições sociais e mais como possibilidade de evitar postos instáveis e degradantes, que não garantem uma vida com dignidade.

Essa atitude se expressaria no senso de realismo que governa suas aspirações e condutas escolares, tudo se passando como se buscassem evitar aquilo que, de toda maneira, lhes seria negado pela sociedade. Essa "relação resignada com o sistema de ensino" (BOURDIEU; PASSERON, 1968, p. 240) levaria tendencialmente a um envolvimento moderado com os estudos.[18] Vejamos então, mais detidamente, as razões que justificariam o investimento relativamente baixo das classes populares na escola.

Em primeiro lugar, a percepção, valendo-se dos exemplos acumulados (a "estatística intuitiva das derrotas ou dos êxitos parciais das crianças de seu meio" – BOURDIEU, 1998d, p. 47), de que as chances de sucesso escolar são reduzidas, faltam, objetivamente, os recursos econômicos, sociais e, sobretudo, culturais necessários para um bom desempenho na escola. Isso tornaria o retorno do investimento muito incerto e, portanto, o risco muito alto. Essa incerteza e esse risco seriam ainda maiores pelo fato de que o retorno do investimento escolar se dá no longo prazo. Essas famílias estariam, em função de sua condição socioeconômica, menos preparadas para suportar os custos econômicos dessa espera, especialmente o adiamento da entrada dos filhos no mercado de trabalho. Donde a prática bastante frequente, entre as famílias e os jovens dos meios populares, de se autoeliminar, objetiva e subjetivamente, da competição escolar (cf. BOURDIEU; PASSERON, 1968), até mesmo em casos em que o desempenho escolar anterior permitiria esperar boas chances de êxito.

---

[18] Com efeito, segundo Bourdieu, os alunos das classes populares não apresentariam nem a facilidade na aquisição da cultura escolar (característica dos detentores de capital cultural), nem a propensão a adquiri-la (própria daqueles que têm no êxito escolar a fonte de todo êxito social).

Acrescente-se a isso o fato de que o retorno alcançado com os títulos escolares depende, parcialmente, como já foi dito, da posse de recursos econômicos e sociais passíveis de ser mobilizados para potencializar o valor dos títulos. No caso dessas famílias, nas quais esses recursos são reduzidos, tender-se-ia, naturalmente, a obter um retorno mínimo com os títulos escolares conquistados.

Em resumo, no caso das classes populares, o investimento no mercado escolar tenderia a oferecer um retorno baixo, incerto e a longo prazo.

Diante disso, as aspirações escolares desse grupo seriam moderadas. Esperar-se-ia dos filhos que eles estudassem apenas o suficiente para se manter (o que, normalmente, dados os avanços nas taxas de escolarização, já significa, de qualquer forma, alcançar escolarização superior à dos pais) ou se elevar ligeiramente em relação ao nível socioeconômico alcançado pelos pais. Essas famílias tenderiam, assim, a privilegiar as carreiras escolares mais curtas, que dão acesso mais rapidamente à inserção profissional. Um investimento numa carreira mais longa só seria feito nos casos em que a criança apresentasse, precocemente, resultados escolares excepcionalmente positivos, capazes de justificar a aposta arriscada no investimento escolar.

Por fim, cabe notar que esse grupo social tenderia a adotar o que Bourdieu designa como "liberalismo (permissiveness)" em relação à educação da prole (BOURDIEU, 1974a, p. 10). Não haveria uma cobrança intensiva em relação ao sucesso escolar dos filhos, e sua vida escolar não seria acompanhada de modo muito sistemático, diferentemente de outras categorias sociais, particularmente das camadas médias, como se verá a seguir.

> A ajuda [escolar] fornecida pela família reveste-se de formas diferentes nos diferentes meios sociais: a ajuda explícita (conselhos, explicações etc.), e percebida como tal, cresce à medida em que o nível social se eleva [...], ainda que pareça decrescer à medida em que o grau de sucesso escolar aumenta. Acontece que ela constitui apenas a parte visível das "doações" de todo tipo que

as crianças recebem de suas famílias. Se lembrarmos, por exemplo, que a porção de laureados que fizeram sua primeira visita ao museu ainda na infância [...] com sua família, cresce com a origem social – o que constitui apenas um indicador, entre outros, dos estímulos indiretos e difusos dados pela família –, veremos que os jovens das categorias superiores acumulam a ajuda difusa e a ajuda explícita, enquanto que os jovens das classes médias (em particular os filhos de funcionários e de professores primários) recebem sobretudo uma ajuda direta, ao passo que os jovens das classes populares, salvo exceção, não podem contar com nenhuma dessas duas formas de ajuda diretamente rentáveis escolarmente (BOURDIEU, 1989, p. 36, grifo do autor).

B – As classes médias e a lógica da ascensão social pela ascese

Na análise de Bourdieu, as classes médias, ou pequena-burguesia, são constituídas por um conjunto de categorias sociais que têm como característica comum e fundamental o fato de ocuparem uma posição intermediária entre os dois polos do espaço das classes sociais, o que determina uma situação de tensão e de equilíbrio instável entre os dominantes e os dominados. É essa situação de nem totalmente dominante, nem totalmente dominado, que estruturará suas disposições, que são duplamente comandadas: pela luta constante para não se integrar nem se confundir com as massas populares, por um lado, e para diminuir as distâncias que as separam das elites, por outro. A necessidade (ou o *ethos*) de ascensão social se imporia, assim, a elas com muita força, determinando um conjunto de estratégias que detalharemos posteriormente.

Para Bourdieu, nas sociedades capitalistas modernas, a pequena burguesia divide-se em três frações: a "pequena burguesia em declínio", a " pequena burguesia de execução" (ou de promoção), e a "nova pequena burguesia" (cf. BOURDIEU, 1979). A primeira é composta pelos pequenos proprietários (artesãos e pequenos comerciantes). Suas características principais decorrem de sua situação de declínio econômico e social (com sua correlativa diminuição numérica) em virtude das transformações na estrutura socioeconômica que levam ao desaparecimento tendencial e gradual do pequeno comércio tradicional, e, do fato de que são mais providas de capital econômico do que de capital cultural. A segunda é constituída pelos empregados subalternos do terciário e pelos quadros médios dos setores público e privado (quadros administrativos, técnicos, professores, etc.). Essas frações caracterizam-se pela posse de um capital cultural que, embora maior do que o das frações anteriores, é menor do que aquele dos quadros superiores com quem mantêm uma relação de tipo execução/concepção, donde sua denominação. Mas é a esse capital cultural que seus membros devem a posição que ocupam na estrutura social, e o fundamento das expectativas de elevação social que nutrem. Finalmente, a terceira fração é formada por subgrupos diversificados dentre os quais se destacam: a) aquelas profissões que Bourdieu denomina de "apresentação e representação" por requisitarem boa aparência pessoal e certo capital de conhecimentos gerais ligado às artes, ao bom gosto, a viagens, etc., com frequência proveniente de uma herança cultural e social familiar (são publicitários, relações públicas, especialistas de moda, vendedores de grifes, antiquários, decoradores, designers, fotógrafos, guias turísticos, apresentadores de rádio e televisão, etc.); b) os profissionais dedicados à oferta de bens ou serviços mais recentemente criados (por exemplo: terapeutas, conselheiros conjugais, sexólogos, nutricionistas, *personal trainers*, etc.), que tendem a apresentar uma origem social e um nível de instrução mais elevados. Essa terceira fração exerce uma função vanguardista, no seio das classes médias (em matéria de vida familiar, relações entre os sexos e entre as gerações, educação dos filhos, etc.), e se volta para o consumo de bens (materiais e simbólicos) capazes de propiciar distinção (ditos "refinados" ou "de classe").

No que concerne às estratégias educativas, contrapondo-se às classes populares, as classes médias ou pequena burguesia tenderiam a investir pesada e sistematicamente na escolarização dos filhos. Esse comportamento explicar-se-ia, em primeiro lugar, pelas chances objetivamente superiores (em comparação com as classes populares) dos filhos das classes médias alcançarem o sucesso escolar. As famílias desse grupo social já possuiriam volume razoável de capitais que lhes permitiria apostar no mercado escolar sem correr tantos riscos.

Para Bourdieu, no entanto, o comportamento das famílias das classes médias não pode ser explicado apenas por suas chances comparativamente superiores de alcançar o sucesso escolar. Ele observa que é necessário considerar, igualmente, as expectativas quanto ao futuro sustentadas por esses grupos sociais. Originárias, em grande parte, das camadas populares e tendo ascendido às classes médias por meio da escolarização, as famílias das classes médias nutririam esperanças de continuarem sua ascensão social, agora, em direção às elites. Todas as suas condutas poderiam, então, ser entendidas como parte de um esforço mais amplo com vistas a criar condições favoráveis à elevação na escala social. Bourdieu destaca, como componentes desse esforço, o "ascetismo", o "malthusianismo" e a "boa vontade cultural".

O ascetismo designa o princípio que está na base da maneira austera de viver própria dessas classes que – propensas à poupança bem como a todos os tipos de entesouramento – renunciam aos prazeres imediatos em benefício de seu projeto de futuro. Por serem pouco providas das diferentes espécies de capital (econômico, cultural ou social), necessitam, para realizar sua trajetória ascensional, constituir uma "acumulação inicial" e, para isso, fazem uso de recursos morais (na forma de privações, renúncias, sacrifícios) como meio de compensação. Essa disposição pode ser claramente ilustrada pelos sacrifícios (renúncia à compra de bens de luxo, redução de gastos com passeios, etc.) que essas famílias realizam para garantir boa escolarização da prole. Esse ascetismo se traduziria, ainda – em termos da forma de educar os filhos – num "rigorismo ascético", numa valorização da disciplina e do autocontrole, e na exigência de uma dedicação contínua e intensiva aos estudos. Vale lembrar ainda que Bourdieu contrapõe o rigorismo ascético das frações ascendentes das classes médias ao rigorismo repressivo e conservador adotado pelas frações declinantes.

O malthusianismo seria a propensão ao controle da fecundidade. As famílias das classes médias, por uma estratégia inconsciente de concentração dos investimentos, tenderiam, mais do que as das classes populares e menos do que as das elites, a reduzir o número de filhos, já que se veem obrigadas a conter os gastos de modo a investir em cada filho o máximo possível de recursos, para que eles possam realizar o futuro que se almeja para eles. Isso porque o custo relativo da criança – que varia de um estrato social a outro – é

> [...] baixo para as famílias com renda mais baixa que, não podendo vislumbrar para os filhos um futuro diferente de seu próprio presente, fazem investimentos educativos extremamente reduzidos, e baixo também para as famílias dotadas de renda elevada, já que a renda cresce paralelamente aos investimentos, e atinge um máximo que corresponde às rendas médias, isto é, às classes médias forçadas, pela ambição da ascensão social, a fazerem investimentos educativos relativamente desproporcionais aos seus recursos (BOURDIEU, 1998b, p. 98).

E Bourdieu constata que, efetivamente, essa interdependência estabelecida pelas famílias entre as estratégias de fecundidade e as estratégias educativas encontra respaldo na realidade, uma vez que as estatísticas comprovam que as oportunidades de uma vida escolar mais longa estão intimamente associadas – quando se controla todas as outras variáveis – ao tamanho da família.

Finalmente, por "boa vontade cultural", o autor entende a docilidade, o esforço e a tenacidade com que as classes médias se entregam ao trabalho de aquisição da cultura legítima para compensar as desvantagens relativas decorrentes de um capital cultural limitado. Mas se, de modo geral, Bourdieu defende a tese da adesão intensa aos valores escolares por parte das classes médias e aponta a natureza laboriosa e esforçada de suas práticas escolares, ele reconhece, ao mesmo tempo, a necessidade de um tratamento analítico que capte as diferenças mais sutis entre as frações que as compõem.[19]

As frações mais ricas em capital econômico (pequenos proprietários) investem prioritariamente em estratégias econômicas (poupança) e apenas secundariamente no mercado escolar, dado seu menor grau de dependência em relação a ele. Além disso, por não dispor de um capital de informações sobre o funcionamento do sistema de ensino, estão sempre sujeitas a fazer investimentos escolares menos rentáveis: descobrem, por exemplo, com atraso, estabelecimentos, cursos, diplomas e especialidades mais rentáveis no mercado escolar e no mercado de trabalho.

Já as frações cujo capital escolar (diploma) é relativamente importante para uma herança cultural relativamente restrita (a pequena burguesia de execução), investem sobretudo em estratégias culturais (escola). No interior desse segundo grupo, encontraremos os "convertidos" (aqueles que devem à escola o essencial de seu capital cultural) e os "oblatos" (que nela depositam todas as suas expectativas de ascensão social).

Parcela de fração mais rica em capital cultural, os convertidos são representados pelos filhos de professores e de intelectuais (a "pequena burguesia intelectual") e possuem todo um patrimônio de informações sobre o mundo escolar (seus modos de funcionamento, seus valores, suas hierarquias), do qual depende a (boa) aplicação de seus investimentos escolares (escolha do estabelecimento, do ramo de estudos, dos cursos, etc.). Muito próximos dos convertidos na dependência do reconhecimento e da consagração escolares, os oblatos caracterizam-se, no

---

[19] Para um exame mais aprofundado das relações entre as classes médias e a escola no pensamento de Bourdieu, remetemos o leitor ao artigo de NOGUEIRA (1997).

entanto, pela posse de um capital escolar mais limitado e mais recente, graças ao qual desfrutam da situação atual de quadros médios, e no qual investem esforços crescentes, uma vez que são "obrigados a esperar tudo dos investimentos escolares (mesmo se seu capital cultural é relativamente fraco)" (BOURDIEU, 1998b, p. 15).

C – As elites e as lógicas da distinção e do diletantismo

Na visão de Bourdieu, as classes superiores ou "dominantes" são marcadas por uma grande clivagem interna segundo a estrutura de distribuição dos diferentes tipos de capital, mais particularmente do capital econômico e do capital cultural que constituiriam, nas sociedades avançadas, os dois mais poderosos "princípios de diferenciação" do espaço social (BOURDIEU, 1997). Assim, no interior dessas classes, uma oposição fundamental separa as frações mais bem providas de capital econômico (cujo exemplo prototípico seriam os empresários), das frações mais bem aquinhoadas em capital cultural (cujo exemplo prototípico seriam as profissões acadêmicas, artísticas e os intelectuais em geral). Nos termos do sociólogo, as primeiras constituem as "frações dominantes das classes dominantes" e as segundas suas "frações dominadas".

Como uma característica comum, essas duas frações compartilham um habitus de classe que orienta suas disposições segundo o princípio da "distinção", que está na base de todas as suas condutas – conscientes ou inconscientes – de cultivo da diferença ou, em outros termos, da busca por se diferenciar dos demais (isto é, do vulgar), nas diversas esferas da vida social: linguagem, costumes, posturas corporais, vestuário, decoração, alimentação, consumos em geral, enfim, tudo aquilo que Bourdieu chama de "estilo de vida".[20]

---

[20] "[...] estilo de vida, conjunto unitário de preferências distintivas que expressam, na lógica específica de cada um dos sub-espaços simbólicos (mobiliário, vestuário, linguagem ou *hexis* corporal),

No entanto, em relação a outros aspectos, essas frações se separam. Enquanto os detentores de capital econômico priorizam os investimentos econômicos, as práticas "mundanas" e o consumo de bens (de luxo) que sinalizam a posse de meios materiais, as frações mais equipadas em capital cultural "são propensas a investir mais na educação de seus filhos e, ao mesmo tempo, em práticas culturais propícias a manter e aumentar sua raridade específica" (BOURDIEU, 1974b, p. 324). Em outras palavras, o primeiro grupo caracteriza-se por certo hedonismo, e o segundo, por um "ascetismo aristocrático" (BOURDIEU, 1984; BOURDIEU; SAINT-MARTIN, 1998). Como mostra o autor, essas diferenças de atitude têm implicações importantes no que se refere à relação com a educação:

> Enquanto as frações mais ricas em capital econômico autorizam e estimulam um estilo de vida cujas seduções são de molde a competir com as exigências ascéticas do sistema escolar, ao mesmo tempo que asseguram e prometem garantias diante das quais as garantias escolares não valem grande coisa ("o diploma não é tudo"), as frações mais ricas em capital cultural nada podem opor à atração exercida pelos signos de consagração escolar que sua dedicação escolar lhes assegura (BOURDIEU, 1974b, p. 331).

Entretanto, tanto um quanto outro desses grupos tenderiam a investir na escola de uma forma bem mais diletante e descontraída – "laxista", como escreve Bourdieu – do que as classes médias. Esse diletantismo e esse laxismo – "dos que não tiveram que pagar o preço da ascensão" (BOURDIEU, 1974a, p. 11) – dever-se-iam, por um lado, ao fato de que o sucesso escolar nesses meios é tido como algo natural, que não depende de um grande esforço de mobilização familiar. As condições objetivas, configuradas

---

a mesma intenção expressiva" (BOURDIEU, 1979, p. 193). Para o autor, o estilo de vida encerra, ao mesmo tempo, uma ética e uma estética.

na posse de um volume expressivo de capitais econômicos, sociais e culturais, tornariam o fracasso escolar bastante improvável. Além disso, as elites estariam livres da luta pela ascensão social. Elas já ocupam as posições dominantes da sociedade, não dependendo, portanto, do sucesso escolar dos filhos para ascender socialmente.

Mas Bourdieu contrasta, de qualquer forma, as frações dominadas (mais ricas em capital cultural) com as dominantes (mais ricas em capital econômico). As primeiras seriam propensas a um investimento escolar mais intenso, visando o acesso às carreiras mais longas e prestigiosas do sistema de ensino. Já essas últimas tenderiam a buscar na escola, principalmente, uma certificação que legitimaria o acesso às posições de comando já garantidas pela posse de capital econômico.

| CAPÍTULO IV

A ESCOLA E O PROCESSO DE REPRODUÇÃO DAS DESIGUALDADES SOCIAIS

No prefácio de *A reprodução*, Bourdieu e Passeron (1975, p. 11) afirmam que os vários capítulos desse livro apontam para um mesmo princípio de inteligibilidade: o "das relações entre o sistema de ensino e a estrutura das relações entre as classes".

Esse princípio de inteligibilidade orienta, na verdade, o conjunto das reflexões de Bourdieu sobre a escola. A escola e o trabalho pedagógico por ela desenvolvido só poderiam ser compreendidos, na perspectiva desse sociólogo, quando relacionados ao sistema das relações entre as classes. A escola não seria uma instância neutra que transmitiria uma forma de conhecimento intrinsecamente superior às outras formas de conhecimento, e que avaliaria os alunos com base em critérios universalistas; mas, ao contrário, ela é concebida como uma instituição a serviço da reprodução e da legitimação da dominação exercida pelas classes dominantes.

O ponto de partida do raciocínio bourdieusiano talvez se encontre na noção de arbitrário cultural. Bourdieu se aproxima aqui de uma concepção antropológica de cultura. De acordo com essa concepção, nenhuma cultura pode ser objetivamente definida como superior a outra. Os valores que orientariam cada grupo social em suas atitudes e comportamentos seriam, por definição, arbitrários, não estariam fundamentados em nenhuma razão objetiva, universal.[21]

Apesar de arbitrários, esses valores – ou seja, a cultura de cada grupo – seriam vividos pelos indivíduos como os únicos possíveis, ou seja, como naturais. Para Bourdieu, o mesmo ocorreria no caso da escola. A cultura consagrada e transmitida pela instituição escolar não seria objetivamente superior a nenhuma outra. O valor que lhe é atribuído seria arbitrário, não estaria fundamentado em nenhuma verdade objetiva, inquestionável. Mas, apesar de arbitrária, a cultura escolar seria socialmente reconhecida como a cultura legítima, como a única universalmente válida.

Na perspectiva de Bourdieu, a conversão de um arbitrário cultural em cultura legítima só pode ser compreendida quando se considera a relação entre os vários arbitrários em disputa em determinada sociedade e as relações de força entre os grupos ou classes sociais presentes nessa mesma sociedade. No caso das sociedades de classes, a capacidade de imposição e legitimação de um arbitrário cultural corresponderia à força da classe social que o sustenta. De modo geral, os valores arbitrários capazes de se impor como cultura legítima seriam aqueles sustentados pelas classes dominantes. Portanto, para o autor, a cultura escolar, socialmente legitimada, seria, basicamente, a cultura imposta como legítima pelas classes dominantes.

Bourdieu observa, no entanto, que a autoridade pedagógica, ou seja, a legitimidade da instituição escolar e da ação pedagógica que nela se exerce, só pode ser garantida na medida em que o caráter arbitrário e socialmente imposto da cultura escolar é ocultado. Apesar de arbitrária

---

[21] "A seleção de significações que define objetivamente a cultura de um grupo ou de uma classe como sistema simbólico é arbitrária na medida em que a estrutura e as funções dessa cultura não podem ser deduzidas de nenhum princípio universal, físico, biológico ou espiritual, não estando unidas por nenhuma espécie de relação interna à *natureza das coisas* ou a uma *natureza humana*" (BOURDIEU; PASSERON, 1975, p. 23) (Grifos dos autores).

e socialmente vinculada a certa classe, a cultura escolar precisaria, para ser legitimada, ser apresentada como uma cultura neutra.[22] Em poucas palavras, a autoridade alcançada por uma ação pedagógica, ou seja, a legitimidade conferida a essa ação e aos conteúdos que ela difunde seria proporcional à sua capacidade de se apresentar como não arbitrária e não vinculada a nenhuma classe social.[23]

Uma vez reconhecida como legítima, ou seja, como portadora de um discurso universal (não arbitrário) e socialmente neutro, a escola passa a poder, na perspectiva bourdieusiana, exercer, livre de qualquer suspeita, suas funções de reprodução e legitimação das desigualdades sociais. Essas funções se realizariam, em primeiro lugar, paradoxalmente, por meio da equidade formal estabelecida pela escola entre todos os alunos. Segundo a fórmula célebre de Bourdieu,

> [...] para que sejam favorecidos os mais favorecidos e desfavorecidos os mais desfavorecidos, é necessário e suficiente que a escola ignore, no âmbito dos conteúdos do ensino que transmite, dos métodos e técnicas de transmissão e dos critérios de avaliação, as desigualdades culturais entre as crianças das diferentes classes sociais (BOURDIEU, 1998d, p. 53).

Tratando, formalmente, de modo igual, em direitos e deveres, quem é diferente, a escola privilegiaria, dissimuladamente, quem, por sua bagagem familiar, já é privilegiado.

Nessa ótica, Bourdieu compreende a relação de comunicação pedagógica (o ensino) como uma relação formalmente igualitária, que reproduz e legitima, no entanto, desigualdades preexistentes. O argumento do autor é o

---

[22] Para o sociólogo francês, toda forma de hierarquia social retira sua legitimidade do fato de que a arbitrariedade que está na origem de sua constituição passa despercebida.

[23] Bourdieu chama de "violência simbólica" o processo de imposição dissimulada de um arbitrário cultural.

de que a comunicação pedagógica, assim como qualquer comunicação cultural, exige, para sua plena realização e aproveitamento, que os receptores dominem o código utilizado na produção dessa comunicação. Dito de outra forma, a rentabilidade de uma relação de comunicação pedagógica, ou seja, o grau em que ela é compreendida e assimilada pelos alunos, dependeria do grau em que os alunos dominam o código necessário à decifração dessa comunicação. Para Bourdieu, esse domínio variaria de acordo com a maior ou menor distância existente entre o arbitrário cultural apresentado pela escola como cultura legítima e a cultura familiar de origem dos alunos. Para os alunos das classes dominantes, a cultura escolar seria sua cultura "natal", reelaborada e sistematizada. Para os demais, seria como uma cultura "estrangeira".

Mais concretamente, Bourdieu observa que a comunicação pedagógica, tal como realizada tradicionalmente na escola, exige implicitamente, para o seu pleno aproveitamento, o domínio prévio de um conjunto de habilidades e referências culturais e linguísticas que apenas os membros das classes mais cultivadas possuiriam. Os professores transmitiriam sua mensagem igualmente a todos os alunos como se todos tivessem os mesmos instrumentos de decodificação. Esses instrumentos, no entanto, seriam possuídos apenas por aqueles que têm a cultura escolar como cultura familiar, e que já são, por isso mesmo, iniciados nos conteúdos e na linguagem utilizada no mundo escolar.[24]

O argumento central do sociólogo é, então, o de que, ao dissimular que sua cultura é a cultura das classes dominantes, a escola dissimula igualmente os efeitos que

---

[24] Bourdieu ressalva que as diferenças culturais entre os alunos das diversas classes sociais seriam menos evidentes nos níveis mais elevados do sistema de ensino. Isso ocorreria porque os alunos das classes médias e populares que chegam a esses níveis do sistema já teriam passado por um processo de "superseleção", no qual teriam sobrevivido apenas aqueles mais qualificados.

isso tem para o sucesso escolar das classes dominantes.[25] As diferenças nos resultados escolares dos alunos tenderiam a ser vistas como diferenças de capacidade (dons desiguais) enquanto que, na realidade, decorreriam da maior ou menor proximidade entre a cultura escolar e a cultura familiar do aluno. A escola cumpriria, assim, simultaneamente, sua função de reprodução e de legitimação das desigualdades sociais. A reprodução seria garantida pelo simples fato de que os alunos que dominam, por sua origem, os códigos necessários à decodificação e assimilação da cultura escolar e que, em função disso, tenderiam a alcançar o êxito escolar, seriam aqueles pertencentes às classes dominantes. A legitimação das desigualdades sociais ocorreria, por sua vez, indiretamente, pela negação do privilegio cultural oferecido – camufladamente – aos filhos das classes dominantes.

O autor observa que o efeito de legitimação provocado pela ocultação das bases sociais do sucesso escolar é duplo: manifesta-se tanto sobre os filhos das camadas dominantes quanto sobre os das camadas dominadas. Os primeiros, pelo fato de terem recebido sua herança cultural desde muito cedo e de modo difuso, despercebido, insensível, teriam dificuldade de se reconhecer como "herdeiros". Suas disposições e aptidões culturais e linguísticas lhes pareceriam naturais ou, em outros termos, componentes – até certo ponto inatos – de sua própria personalidade. O segundo grupo, por outro lado, sendo incapaz de perceber o caráter arbitrário e impositivo da cultura escolar, tenderia a atribuir suas dificuldades escolares a uma inferioridade que lhes seria inerente, definida em termos intelectuais (falta de inteligência) ou morais (fraqueza de vontade).

Bourdieu ressalta que, em relação às camadas dominadas, o maior efeito da violência simbólica exercida pela escola não é a perda da cultura familiar e a inculcação de uma nova cultura exógena (mesmo porque essa inculcação,

---

[25] Trata-se do fenômeno da "relação encoberta entre a aptidão escolar e a herança cultural" (BOURDIEU, 1997, p. 39).

como já se viu, seria prejudicada pela falta das condições necessárias à sua recepção), mas o reconhecimento, por parte dos membros dessa camada, da superioridade e legitimidade da cultura dominante. Esse reconhecimento se traduziria numa desvalorização do saber e do saber-fazer tradicionais – por exemplo, da medicina, da arte e da linguagem populares, e mesmo do direito consuetudinário – em favor do saber e do saber-fazer socialmente legitimados.

A reprodução das desigualdades sociais propiciada pela escola não resultaria, no entanto, apenas da falta de uma bagagem cultural apropriada à recepção da mensagem pedagógica. Bourdieu sustenta que a escola sanciona, valoriza e cobra não apenas o domínio de um conjunto de referências culturais e linguísticas, mas também um modo específico de se relacionar com a cultura e com o saber. E aqui vamos encontrar uma das mais importantes categorias analíticas formuladas pelo autor para dar conta das desigualdades sociais de escolarização, a saber, a noção de "relação com a cultura".

Segundo ele, a sociedade produz (e a escola reproduz) uma oposição entre dois modos diferentes que os indivíduos apresentam – de acordo com sua origem social – de se relacionar com o mundo da cultura, e isso desde o nascimento. O primeiro modo, próprio dos dominantes, define-se por uma relação de tipo aristocrático, marcada pela familiaridade e pela intimidade com a cultura legítima, o que resulta numa relação desenvolta, descontraída, fácil, elegante, segura, diletante, numa só palavra "natural", com as obras culturais. Já o segundo tipo, próprio dos dominados, define-se por uma relação de tipo popular, caracterizada pela estranheza e pelo embaraço, o que desemboca numa relação tensa, laboriosa, árdua, esforçada, desajeitada, acanhada, interessada com as obras da cultura.

Na teoria bourdieusiana, o que dá origem e constitui esse ou aquele tipo de relação é o modo pelo qual a cultura foi adquirida: por familiarização insensível (e mais precocemente), no caso dos agentes socialmente privilegiados, ou, por inculcação escolar (e mais tardiamente), no caso dos agentes sociais desfavorecidos. Tratar-se-ia, pois, de:

> [...] dois modos de aquisição da cultura: o aprendizado total, precoce e insensível, efetuado desde a primeira infância no seio da família, e o aprendizado tardio, metódico, *acelerado*, que uma ação pedagógica explícita e expressa assegura (BOURDIEU, 1983b, p. 97, a ênfase é do autor).

Neste ponto, é bom lembrar que para Bourdieu as experiências primitivas dos indivíduos (que costumamos designar por "socialização primária") pesam com força desmesurada sobre as experiências ulteriores, marcando-as duravelmente. Assim, a relação de intimidade com as coisas da cultura e com a linguagem só atinge o seu grau máximo quando produzida pela ação pedagógica familiar, permanecendo de modo duradouro porque encarnada no sujeito na forma do habitus.

> Como sabemos, em matéria de cultura, a maneira de adquirir perpetua-se no que é adquirido sob a forma de uma maneira de usar o que se adquiriu. Assim, quando acreditamos reconhecer por *nuances* ínfimas, infinitas e indefiníveis que definem a "destreza" ou o "natural", as condutas ou os discursos socialmente designados como autenticamente "cultivados" ou "requintados" pois neles nada lembra o esforço ou o trabalho de aquisição, na verdade, referimo-nos a *um modo particular de aquisição*, a saber, a aprendizagem por familiarização insensível cujas condições de realização só se realizam nas famílias que têm por cultura a cultura erudita, ou melhor, para aqueles que, possuindo por cultura maternal a cultura erudita, podem manter com ela uma relação de familiaridade que implica na inconsciência da aquisição (BOURDIEU, 1974c, p. 258, grifos do autor).

Essa ênfase analítica conferida à relação com o saber (em detrimento do próprio saber) tornar-se-á uma das marcas registradas da sociologia da educação de Pierre Bourdieu.

Ocorre que o sistema escolar, consciente ou inconscientemente, ao avaliar e proferir seus julgamentos, leva em conta, tanto quanto a cultura, a relação que os alunos têm com ela, ou seja, o modo de aquisição e de uso da cultura legítima. Mais especificamente, a escola reproduziria, a seu modo, a distinção entre os dois modos básicos de se relacionar com a cultura: um primeiro, desvalorizado, se expressaria na figura do aluno esforçado, estudioso, aplicado que busca compensar sua distância em relação à cultura legítima através de uma dedicação tenaz às atividades escolares; e um segundo, valorizado, representado pelo aluno tido como brilhante, original, talentoso, desenvolto, muitas vezes precoce, que atende às exigências da escola sem exibir traços de um esforço laborioso ou tenso. O sistema de ensino, sobretudo nos seus ramos mais elevados, consagraria e cobraria dos alunos essa segunda postura.

Bourdieu observa que, nas avaliações formais ou informais (particularmente nas provas orais), exige-se dos alunos muito mais do que o domínio do conteúdo transmitido. Exige-se uma destreza verbal e um brilho no trato com o saber e a cultura que somente aqueles que têm familiaridade com a cultura dominante podem oferecer.

Essa naturalidade ou desenvoltura não seria encarada pela escola, no entanto, como algo socialmente herdado. Ao contrário, tenderia a ser interpretada como manifestação de uma facilidade inata, de uma vocação natural para as atividades intelectuais. Cumprir-se-ia, portanto, mais uma vez, as funções de reprodução e legitimação atribuídas por Bourdieu à escola. A escola valorizaria um modo de relação com o saber e com a cultura que apenas os filhos das classes dominantes, dado o seu processo de socialização familiar, poderiam ostentar. Valorizar-se-ia uma desenvoltura intelectual, uma elegância verbal, uma familiaridade com a língua e com a cultura legítima, que, por definição, não poderiam ser adquiridos completamente pela aprendizagem escolar. Ao mesmo tempo, no entanto, nega-se que essas habilidades sejam fruto da socialização familiar diferenciada vivida pelos alunos e supõe-se que elas sejam produto de uma inteligência ou talento "naturais".[26]

Esse estado de coisas engendraria uma contradição implícita no próprio funcionamento do sistema escolar: ao mesmo tempo que a escola valoriza a relação "cultivada" com o saber, expressa no "culto do brilhantismo", ela menospreza a relação "escolar" com o saber e classifica como inferior o "servilismo escolar do bom aluno excessivamente aplicado" (BOURDIEU, 1974c, p. 251). Esse fenômeno paradoxal, presente na tradição pedagógica, Bourdieu denominou de "desvalorização escolar do escolar" (BOURDIEU; PASSERON,1964; 1975; BOURDIEU, 1974c,1998d). O autor reconhece, no entanto, que a escola não poderia desvalorizar inteiramente a relação escolar com a cultura porque, ao fazê-lo, estaria negando seu próprio modo de inculcar a cultura.

> Embora reserve seus melhores favores aos que lhe devem menos no essencial [...], a escola não pode renegar completamente os que lhe devem tudo e cujas disposições "escolares", desvalorizadas na medida em que determinam uma relação "escolar" com a cultura, são também valorizadas na medida em que inspiram uma boa vontade e uma docilidade que a escola não pode de modo algum dispensar (BOURDIEU, 1974c, p. 263).

Por tudo o que foi dito até agora, pode-se afirmar, de modo sintético, que as reflexões de Bourdieu sobre a escola partem da constatação de uma correlação entre as desigualdades sociais e escolares. As posições mais elevadas e prestigiosas dentro do sistema de ensino (definidas em termos de disciplinas, cursos, ramos do ensino, estabelecimentos) tendem a ser ocupadas pelos indivíduos pertencentes aos grupos socialmente dominantes. Para o sociólogo francês, essa correlação nem é, obviamente, casual, nem se explica,

---

[26] Para Bourdieu, a fonte dessa "ilusão carismática" reside no processo imperceptível e difuso de aprendizagem da cultura legítima proporcionado pela experiência familiar (cf. BOURDIEU, 1998d, p. 55).

exclusivamente, por diferenças objetivas (sobretudo econômicas) de oportunidade de acesso à escola. Segundo ele, por mais que se democratize o acesso ao ensino por meio da escola pública e gratuita, continuará existindo forte correlação entre as desigualdades sociais, sobretudo culturais, e as desigualdades ou hierarquias internas ao sistema de ensino. Essa correlação só pode ser explicada, na perspectiva bourdieusiana, quando se considera que a escola dissimuladamente valoriza e exige dos alunos determinadas qualidades que são desigualmente distribuídas entre as classes sociais, notadamente, o capital cultural e uma certa naturalidade no trato com a cultura e o saber que apenas aqueles que foram desde a infância socializados na cultura legítima podem ter.

Em resumo, a grande contribuição de Bourdieu para a compreensão sociológica da escola foi a de ter ressaltado que essa instituição não é neutra. Formalmente, a escola trataria a todos de modo igual, todos assistiriam às mesmas aulas, seriam submetidos às mesmas formas de avaliação, obedeceriam às mesmas regras e, portanto, supostamente, teriam as mesmas chances. Mas o autor mostra que, na verdade, as chances são desiguais. Alguns estariam em condições mais favoráveis do que outros para atender às exigências, muitas vezes, implícitas, da escola.

Ao sublinhar que a cultura escolar está intimamente associada à cultura dominante, a teoria de Bourdieu abre caminho para uma análise crítica do currículo, dos métodos pedagógicos e da avaliação escolar.

Os conteúdos curriculares seriam selecionados em função dos conhecimentos, dos valores e dos interesses das classes dominantes e, portanto, não poderiam ser entendidos fora do sistema mais vasto das diferenciações sociais. O próprio prestígio de cada disciplina acadêmica estaria associado a sua maior ou menor afinidade com as habilidades valorizadas pela elite cultural. Com efeito, encontramos no pensamento de Bourdieu, e já desde seus primeiros escritos, a tese da estratificação dos saberes escolares, segundo a qual, o sistema escolar estabelece – em todos os graus do ensino – uma hierarquia entre as disciplinas ou matérias de ensino, que vai das disciplinas "canônicas" (as mais valorizadas) até as disciplinas "marginais" (as mais desvalorizadas), passando pelas disciplinas "secundárias" que ocupam uma posição intermediária.[27]

> A exemplo das distinções entre os sexos e as faixas etárias, são também diferenças sociais que recobrem as diferenças entre as disciplinas ordenadas segundo uma hierarquia comumente reconhecida: desde as disciplinas mais canônicas, como o francês, as letras clássicas, a matemática ou a física, socialmente designadas como as mais importantes e mais nobres (dentre outros indícios, em virtude do peso nos exames, pelo estatuto de "professor principal" conferido aos docentes dessas áreas e, finalmente, pelo consenso dos docentes e dos alunos), até as disciplinas secundárias como a história e a geografia, as línguas vivas (que constituem um caso à parte), as ciências naturais, e as disciplinas marginais, como o desenho, a música e a educação física (BOURDIEU, 1974, p. 238c).

Mas qual seria o princípio organizador dessa hierarquia? Apoiando-se, mais uma vez, no princípio diretor da "relação com a cultura", o autor responde que a instituição escolar coloca no topo as disciplinas mais teóricas, abstratas, formalizadas, que exigem certas habilidades "não escolares" que só podem ser plenamente adquiridas fora da escola (ou seja, na família), sobretudo uma elegância e uma destreza marcantes no uso da língua; e rebaixa as disciplinas de natureza mais prática e técnica, que só podem ser dominadas valendo-se de um esforço propriamente escolar.

No caso do sistema de ensino francês, Bourdieu contrapõe disciplinas "de talento" a disciplinas "de trabalho":

> [...] de um lado, matérias como o francês (e em outro registro, a matemática) parecem exigir o talento e o dom

---

[27] Mais recentemente, Bourdieu voltará a tratar dessa questão na primeira parte de seu livro *La noblesse d'État*, publicado em 1989 e que constitui sua última grande obra no campo da Educação.

> e, de outro, matérias como a geografia (e em menor grau, a história), as ciências naturais e as línguas vivas que requerem sobretudo trabalho e estudo. No pólo oposto ao francês (ou em grau bem menor, à filosofia) que desvaloriza a boa vontade e o zelo escolar tanto pela imprecisão das tarefas como pela indeterminação e pela incerteza dos signos de êxito ou fracasso, exigindo via de regra um capital prévio ("é preciso ter leitura") e muitas vezes indefinível (quer se trate de estilo ou de cultura geral), disciplinas como a história, a geografia, as ciências naturais ou as línguas (tanto as modernas como, em grau menor, as antigas) propõem tarefas onde se pode exprimir o gosto pelo trabalho "bem feito" e pelas manipulações minuciosas, como por exemplo os mapas de geografia ou os desenhos em ciências naturais, que aparecem como "seguras" e "gratificantes" pois o esforço sabe onde concentrar-se e porque aí o efeito do trabalho é medido com mais facilidade (BOURDIEU, 1974c, p. 242).

Ainda em matéria de currículo, é preciso (e seria justo) reconhecer que a obra de Bourdieu já contina, em si, o embrião da tese da transposição didática que foi desenvolvida posteriormente por dois de seus conterrâneos: o sociólogo Michel Verret (1975) e o matemático Yves Chevallard (1991).

Num de seus primeiros textos sobre o sistema escolar intitulado "Sistemas de ensino e sistemas de pensamento" (cf. BOURDIEU,1974d), datado de 1967,[28] Bourdieu discorre longamente sobre as modificações sofridas por dado campo do saber quando este é submetido ao processo de escolarização, ou seja, quando ele se torna uma disciplina escolar. Ele exemplifica com o caso da literatura, argumentando que – a partir de sua introdução nos currículos – ela se torna objeto de classificações (gêneros, escolas, autores), de

---

[28] Evidentemente não é por acaso que este texto constitui o único representante de língua estrangeira contido na célebre coletânea organizada por Young (1971), no início dos anos 1970, na Inglaterra, e que representa o grande marco da NSE (New Sociology of Education), ponto de partida da tradição crítica nos estudos sociológicos contemporâneos sobre o currículo.

hierarquias e de distinções (textos clássicos mais *dignos de serem conservados pela transmissão escolar*), e também de uma ordenação e uma organização de natureza propriamente escolar, na forma de manuais didáticos e coletâneas que selecionam excertos e passagens de obras, por exemplo. Além disso, os professores veem-se obrigados a organizar o conhecimento que transmitem aos alunos de modo a prepará-los para as exigências do sistema de ensino (exames, concursos, etc.) e o fazem mediante modelos e práticas de exercícios, de questões e de instrumentos de avaliação, os quais conferem ao saber uma feição que seria tipicamente escolar. O autor escrevia então:

> Contudo, também parece ingênuo querer ignorar que a escola, pela própria lógica de seu funcionamento, modifica o conteúdo e o espírito da cultura que transmite [...]. Para transmitir esse programa de pensamento chamado cultura, [a escola] deve submeter à cultura que transmite uma programação capaz de facilitar sua transmissão metódica. [...]. Destarte, o programa de pensamento e de ação, que a escola tem a função de transmitir, deriva uma parte importante de suas características concretas das condições institucionais de sua transmissão e dos imperativos propriamente escolares (BOURDIEU, 1974d, p. 212 e 215-216).

Finalmente, também no que concerne ao tema da avaliação escolar, o trabalho científico de Bourdieu deixou um legado crítico importante, principalmente porque desvelou a função social da avaliação (de classificação social e hierarquização dos indivíduos) que se disfarça sob as aparências de sua função técnica (classificação escolar dos alunos).

Para o sociólogo, o momento formal da avaliação, com suas provas, exames, etc., representaria a face mais visível dos valores escolares e das escolhas implícitas do sistema de ensino (cf. BOURDIEU; PASSERON, 1968). Por isso, durante longos anos, ele se dedicou à análise de um grande *corpus* de relatórios e pareceres redigidos por professores e membros de bancas acadêmicas, relativos a trabalhos discentes (provas, dissertações, etc.), ou à performance de candidatos a concursos acadêmicos. Seu mais importante texto sobre o assunto deriva justamente do trabalho de exploração de um conjunto de anotações feitas, durante quatro anos, por um professor de filosofia acerca do trabalho escolar e do desempenho de suas alunas (cf. BOURDIEU; SAINT-MARTIN, 1998).

Com base nessa pesquisa, Bourdieu formulou a tese de que a avaliação escolar representa, antes de tudo, um mecanismo de transformação da herança cultural em capital escolar. E isso seria possível porque a avaliação docente iria muito além da mera verificação da aprendizagem dos conteúdos, constituindo-se, na prática, num verdadeiro "julgamento social", baseado – implicitamente e quase sempre de maneira inconsciente – na maior ou menor distância do aluno em relação às atitudes e comportamentos valorizados pelas classes dominantes, em particular seu modo de relação com a cultura.

> Já conhecemos bem aquilo que o julgamento dos examinadores deve aos valores aos quais ele nunca se refere senão implicitamente e que constituem a retradução, na lógica propriamente escolar, dos valores das classes cultivadas, de modo que, diante de provas que sempre dão lugar à *cooptação de classe*, os candidatos sofrerão uma desvantagem tanto maior quanto mais esses valores forem afastados daqueles de sua classe social de origem (BOURDIEU; PASSERON, 1968, p. 247, a ênfase é dos autores).

É que, paralelamente aos "critérios internos" de avaliação do processo de aquisição do conhecimento, levar-se-ia em conta, sobretudo, "critérios externos" como: a postura corporal, a aparência física, as maneiras, a dicção, o sotaque, a linguagem oral e escrita, a cultura geral, etc. (cf. BOURDIEU; SAINT-MARTIN, 1998)

> Não há indício algum de pertencimento social, nem mesmo a postura corporal ou a indumentária, o estilo de expressão ou o sotaque, que não sejam objeto de "pequenas percepções" de classe e que não contribuam para

orientar – mais freqüentemente de maneira inconsciente – o julgamento dos mestres (BOURDIEU, 1998d, p. 11).

Por ter detalhado de maneira fina e com tão grande acuidade o universo sutil de elementos implícitos e ocultos que povoam o "juízo professoral", Bourdieu merece, certamente, ser classificado como pioneiro no campo da sociologia da avaliação escolar.

À guisa de fechamento desta última parte do presente capítulo, que procurou resgatar a visão bourdieusiana sobre os processos internos à escola, convém enfatizar que, embora Bourdieu não tivesse se aprofundado em nenhuma das áreas acima abordadas, não tendo, em outros termos, penetrado no interior da "caixa preta" do estabelecimento de ensino, tal qual o fazem as novas gerações de sociólogos da educação, ele deixou, sem dúvida alguma, uma série de pistas que abriram caminho para a análise de novos objetos sociológicos e que continuam a alimentar as discussões atuais.

Mas não poderíamos concluir este capítulo sem fazer menção a uma ideia importante, mas que se revelou efêmera no pensamento de Bourdieu, a saber, a ideia de uma "pedagogia racional", como solução para a lógica (perversa) da acumulação do privilégio cultural por meio da escola, que – como vimos – faz com que o capital cultural permaneça sempre nas mãos daqueles que já o detêm desde a primeira infância.

Com efeito, bem no início de sua carreira e por um curtíssimo período, Bourdieu anteviu uma saída que pudesse servir – acreditava ele nessa altura – aos interesses dos alunos socialmente desfavorecidos. Essa saída estaria no processo que ele denominou de "racionalização da pedagogia", mediante o qual a ação pedagógica com os alunos se daria por uma aprendizagem "metódica" visando tornar explícito tudo aquilo que funciona de modo implícito no curso do processo pedagógico. Assim, nas páginas finais do célebre livro *Les héritiers*, de 1964, Bourdieu e Passeron se referiam a essa ação como "uma pedagogia racional que tudo fizesse para neutralizar metodicamente e continuamente, do maternal à universidade, a ação dos fatores sociais de desigualdade cultural" (BOURDIEU; PASSERON, 1964, p. 114-115). Dois anos depois, no igualmente célebre artigo "A escola conservadora", publicado originalmente em 1966, Bourdieu definiria da seguinte forma a ideia de

> [...] uma pedagogia racional e universal, que, partindo do zero e não considerando como dado o que apenas alguns herdaram, se obrigaria a tudo em favor de todos e se organizaria metodicamente em referência ao fim explícito de dar a todos os meios de adquirir aquilo que não é dado, sob a aparência do dom natural, senão às crianças das classes privilegiadas (BOURDIEU, 1998d, p. 53).

Poucos anos mais tarde, porém, mais precisamente no livro *A reprodução*, datado de 1970, Bourdieu já se mostrará convencido do caráter utópico de um trabalho pedagógico de tipo racional e de sua capacidade de levar a uma equitativa distribuição do saber. Suas obras subsequentes não mais voltarão ao assunto.

CONSIDERAÇÕES FINAIS

O DEBATE EM TORNO DA OBRA DE BOURDIEU

A obra de Bourdieu tem provocado reações bastante variadas. Alguns a veem como um esquema teórico sofisticado, consistente e fértil, que, embora precise ser continuamente aperfeiçoado, constitui uma referência essencial para a pesquisa em Educação. Outros identificam nessa obra uma espécie de sociologismo, uma tentativa inaceitável de redução das trajetórias escolares e do fenômeno educacional em geral aos seus determinantes sociais.

Nesta parte final do livro, gostaríamos de discutir brevemente duas temáticas centrais em torno das quais se situa boa parte das discussões acerca da obra de Bourdieu. A primeira diz respeito à relação entre estrutura social e ação individual. Bourdieu é frequentemente acusado de adotar uma perspectiva determinista, que deduziria, de maneira muito direta, o comportamento dos atores individuais (inclusive no âmbito da educação) de sua posição na estrutura social. A segunda temática se refere à relação da escola e dos sistemas de ensino com a estrutura de dominação social. Bourdieu é acusado de desconsiderar a complexidade interna e a autonomia relativa dos sistemas de ensino, reduzindo-os a engrenagens inertes do processo de reprodução das desigualdades sociais. Cabe-nos refletir sobre o grau de pertinência dessas duas modalidades de crítica.

O indivíduo e sua posição no espaço social: uma visão determinista?

Como foi visto na primeira parte deste livro, um dos objetivos do projeto teórico de Bourdieu foi justamente o de romper com o determinismo. Os agentes sociais não seriam conduzidos de forma mecânica nem pelas condições objetivas nas quais eles foram originalmente socializados, nem pelas condições atuais nas quais eles agem. Por um lado, embora o habitus seja formado e reflita o universo social no qual o indivíduo foi originalmente socializado, ele não constituiria um conjunto de regras fixas que determinariam, a partir do passado, as ações atuais do indivíduo. Ao contrário, ele funcionaria como um princípio flexível (um senso do jogo) que permitiria ao indivíduo se adaptar ou mesmo improvisar, dentro de certos limites, diante de cada nova situação. Por outro lado, o conceito nos indicaria, também, que os indivíduos não são completamente determinados pelas condições objetivas presentes no contexto atual de ação. Isso ficaria particularmente claro nos casos em que as condições atuais de ação são muito diferentes daquelas nas quais o indivíduo foi inicialmente socializado. Nesses casos, os indivíduos tenderiam a não conseguir se adaptar eficazmente à situação presente, continuando a agir de acordo com o que seu habitus, formado nas condições anteriores, lhes sugere. O habitus funcionaria, portanto, como instância intermediaria entre as condições objetivas e as ações individuais. Por meio dele, seria possível afirmar que os indivíduos não são direta e completamente determinados nem pelo seu passado, nem pelo seu presente.

Certos autores interpretam, no entanto, o conceito de habitus como uma espécie de "cavalo de troia" de Bourdieu (Cf. ALEXANDER, 2000, p. 40). Aparentemente concebido para resgatar a subjetividade, ele seria, na verdade, o guardião de uma forma de determinismo ainda mais profunda. De acordo com Alexander, esse conceito revela uma concepção reducionista da subjetividade humana segundo a qual essa seria, basicamente, um reflexo das condições objetivas de existência do indivíduo ou – nos termos do próprio Bourdieu – seria a estrutura social incorporada. Alexander observa que, na teoria de Bourdieu, o habitus emerge por meio de uma espécie de adaptação prática dos agentes aos limites e às possibilidades determinados por sua posição social. O modo como os indivíduos representam e avaliam a realidade, suas estratégias de ação nas mais diversas esferas da vida social (educação, trabalho, matrimônio, fecundidade), seu nível de aspiração social (notadamente, suas ambições no mercado de trabalho e no sistema educacional), tudo seria definido em função das oportunidades objetivamente associadas à posição social na qual o indivíduo foi socializado. Os indivíduos tenderiam a desejar o mais provável e a excluir de seus horizontes o que é improvável ou mesmo impossível para quem se situa em sua posição social. O próprio gosto dos indivíduos, sua forma de perceber e apreciar os diversos objetos materiais ou simbólicos acabaria, portanto, por ser determinada pela estrutura de oportunidades presente no universo social no qual eles são socializados.[29]

Na perspectiva de Alexander, essa concepção da subjetividade humana reduz excessivamente o grau de autonomia do universo mental, simbólico, cultural dos indivíduos e grupos em relação às suas condições objetivas de existência. As crenças, os valores e as estratégias de ação sustentados pelos indivíduos não seriam determinados de forma tão estreita pelas suas condições externas de existência. A realidade simbólica não se reduziria a uma adaptação prática ao meio externo. Cada indivíduo constituiria sua subjetividade por meio de complexos processos de interação social e de identificação com os outros (analisados, entre outros, pelo interacionismo simbólico, pela psicologia

---

[29] Particularmente no que se refere à adequação dos gostos e preferências das classes populares às suas condições objetivas de existência, BOURDIEU (1979, p. 435) fala de "gosto pelo necessário".

social, pela psicanálise e pela teoria de Herbert Mead), cujos resultados não poderiam ser adequadamente previstos pelo simples conhecimento de sua posição nas estruturas sociais.

No campo específico da Educação, críticas semelhantes conduzem Charlot (1996, 2000) a se afastar de Bourdieu e a enfatizar a necessidade de se estudar o sentido que os indivíduos atribuem a sua escolarização.[30] Esse sentido não poderia ser diretamente deduzido da posição social ocupada pelas famílias. Charlot reconhece que o fato de se ocupar determinada posição social torna o acesso a certos recursos e a vivência de certas experiências sociais mais ou menos prováveis. Esses recursos e essas experiências não influenciariam, no entanto, diretamente, de fora para dentro, os indivíduos. Tudo dependeria da relação que os sujeitos estabelecem com esses elementos, ou seja, do significado que eles atribuem aos mesmos. Ter pais com um grande patrimônio econômico e cultural, por exemplo, tenderia a favorecer, mas não garantiria uma boa trajetória escolar. Em primeiro lugar, ter-se-ia que investigar o modo como esses pais interpretam e se relacionam com seu patrimônio e o grau e o modo como eles o utilizam em benefício da escolaridade dos filhos. Em segundo lugar, ter-se-ia que analisar a relação que os próprios filhos estabelecem com esse patrimônio familiar e mais amplamente o modo como eles se relacionam com a escola e com o saber. O mesmo raciocínio valeria para o caso inverso: pertencer a uma família com limitados recursos econômicos e culturais não imporia necessariamente o insucesso escolar. Em todos os casos, o efeito das condições objetivas sobre a escolarização dos indivíduos seria intermediado pelos significados que pais e filhos atribuem a essas condições e ao processo de escolarização. Esses significados seriam construídos por cada um dos sujeitos envolvidos, de maneira singular, ao longo de suas história de vida, com base nos múltiplos contatos sociais que eles estabelecem e dos diversos eventos mais ou menos imprevisíveis de que participam.

---

[30] Ver também: CHARLOT *et al.*, 2000.

No que se refere especificamente à compreensão dos processos e práticas de escolarização, Charlot (1996, p. 49) propõe, então, "colocar a questão do significado antes da questão da competência". Segundo o autor, um indivíduo só aprenderá e obterá sucesso na escola se estudar, mas ele só estudará se o fato de ir à escola e aprender coisas fizer sentido para ele. Para se compreender determinada trajetória de escolarização seria preciso, em primeiro lugar, investigar as relações que o indivíduo estabelece com a escola e o saber. Seriam essas relações, e não as condições objetivas de existência, em si mesmas, que determinariam o grau de mobilização escolar dos indivíduos. Dito de outra forma, não bastaria conhecer os recursos culturais e econômicos de uma família e as oportunidades escolares mais ou menos amplas oferecidas pelo sistema de ensino em um dado momento para se predizer o envolvimento de um indivíduo com as atividades de aprendizagem e, assim, os rumos de sua trajetória escolar. Seria necessário considerar o significado que esse indivíduo atribui às condições objetivas nas quais ele se encontra e, portanto, o modo como ele se relaciona com elas. Esse significado, embora seja construído socialmente, não poderia ser diretamente deduzido do pertencimento do indivíduo a uma dada categoria social. Como afirmam Charlot *et al.* (2000, p. 19):

> o indivíduo não é nem a simples encarnação de um grupo social, nem a simples resultante de "influências" do ambiente, ele é singular, ou seja, síntese humana singular construída numa história. Essa singularidade não é inteligível se não a pensamos por referência ao mundo no qual ela se constitui, mundo que é compartilhado com outros indivíduos e estruturado por relações sociais. Mas essa singularidade se constrói numa lógica específica, aquela da identidade pessoal, aquela da subjetividade, lógica irredutível a um "reflexo", ou mesmo à "interiorização" das condições sociais.

O conceito de habitus, tal como formulado por Bourdieu, seria insuficiente para captar essa lógica. Nos termos de Charlot (2000, p. 35), "o habitus é um conjunto de disposições psíquicas, mas esse psiquismo não é pensado em referência a um sujeito, é um *psiquismo de posição*" (ênfase do autor).

Em todas essas críticas a Bourdieu, a tese fundamental parece ser a de que a realidade individual ou, mais precisamente, a subjetividade não pode ser diretamente deduzida do pertencimento a uma dada categoria social ou da posição ocupada no espaço social. Lahire (1999, 1999a) desenvolve esse mesmo raciocínio, embora observando que tudo depende da escala de análise na qual o pesquisador pretenda situar-se. Em escala coletiva ou macrossocial, é inteiramente pertinente afirmar que os indivíduos que ocupam dada posição social tendem a incorporar certas disposições e, assim, a agir de determinada forma. No que concerne à educação, seria possível afirmar, por exemplo, que as famílias de classe média cujo principal recurso é o capital cultural na sua forma escolar tendem a incorporar certas disposições práticas que as levam a investir intensamente na escolarização dos filhos. Essa afirmação só seria válida, no entanto, em escala coletiva. Pode-se dizer que os indivíduos que ocupam essa posição social se comportam dessa maneira, tipicamente ou com uma determinada probabilidade, mas não se pode afirmar que um indivíduo específico agirá dessa forma.

Nos termos de Lahire, o corpo individual no qual se reflete o social "tem por particularidade atravessar as instituições, os grupos, as cenas, os diferentes campos de força e de luta" (LAHIRE, 1999, p. 125). Assim, analisar sociologicamente a experiência individual implica considerar o efeito sincrônico e diacrônico de múltiplas influências sociais, em parte, contraditórias e mesmo antagônicas, agindo sobre o mesmo indivíduo. Implica, ainda, considerar o modo como os indivíduos articulam internamente essas diferentes influências e as utilizam em suas ações práticas. A tese central, subentendida no argumento de Lahire, é a de que a experiência de vida de um sujeito particular dificilmente pode ser deduzida do seu pertencimento a uma única coletividade ou do fato de estar inserido numa posição específica da estrutura social.[31] Cada indivíduo possuiria uma história social particular e lidaria, a cada momento, com um conjunto específico de vínculos sociais que fariam com que ele constituísse um quadro diferenciado de disposições e agisse de forma singular diante das situações de ação.

As considerações de Lahire estabelecem, portanto, a diferença entre dois níveis ou duas escalas de análise nas quais a teoria de Bourdieu e o conceito de habitus podem ser utilizados, o plano macrossociológico e o plano individual.[32] No plano macrossociológico, utilizado predominantemente por Bourdieu, o habitus é algo abstrato, uma seleção de algumas disposições básicas que se supõem compartilhadas pelos ocupantes de uma determinada posição social. Já o habitus individual seria algo muito mais complexo, fruto de múltiplas e nem sempre coerentes experiências sociais.

O equívoco básico, percebido por Lahire, na utilização do conceito de habitus, consistiria, na suposição (BOURDIEU, 1983a, p. 81) de que o habitus individual é uma simples variação do habitus coletivo. Na verdade, o habitus coletivo seria uma abstração que reúne determinadas

---

[31] O grau de heterogeneidade da experiência social dos indivíduos variaria em função do contexto histórico e social no qual eles se encontram, seria menor, por exemplo, nas chamadas sociedades tradicionais e maior nas sociedades urbanas e industriais (LAHIRE, 2002).

[32] Embora Bourdieu sempre tenha admitido a diferença entre habitus individual e coletivo, ele nunca estabeleceu, com o grau de clareza que o faz Lahire, as implicações teóricas e metodológicas dessa distinção, particularmente, o fato de que o habitus individual, como produto de múltiplas e, em alguma medida, incoerentes experiências de socialização, apresenta nível significativo de heterogeneidade interna.

Corcuff (1999, p. 102-103) considera que Bourdieu hesita entre a afirmação da singularidade individual através da noção de habitus individual e a tendência, predominante em sua obra, de subordinação dessa mesma singularidade às categorias coletivas de análise.

disposições comuns a indivíduos situados em determinada posição social. Mas cada indivíduo concreto estaria situado, simultaneamente, em cada momento e ao longo de sua história, num conjunto diversificado de posições sociais. O habitus, ou o quadro das disposições que orientam um indivíduo não poderia, assim, ser derivado da sua participação em apenas uma esfera da vida social.

As críticas de Lahire não o levam a abandonar a perspectiva de Bourdieu, mas a defender seu aprimoramento e sua adequação à escala individual. No que se refere especificamente aos processos de socialização e suas implicações escolares, Lahire (1997) observa que é necessário estudar a dinâmica interna de cada família, as relações de interdependência social e afetiva entre seus membros, para que se possa entender o grau e o modo como os recursos disponíveis (os vários capitais e o habitus incorporado dos pais) são ou não transmitidos aos filhos. A transmissão do capital cultural e das disposições favoráveis à vida escolar só poderia ser feita por meio de um contato prolongado, e afetivamente significativo, entre os portadores desses recursos (não apenas os pais, mas outros membros da família) e seus receptores. Esse tipo de contato, no entanto, dadas as dinâmicas internas de cada família, nem sempre ocorreria.

Observações semelhantes são feitas por Singly (1996). O autor salienta que a transmissão da herança cultural depende de um trabalho ativo realizado tanto pelos pais quanto pelos próprios filhos e que pode ou não ser bem-sucedido. Contrapondo-se à imagem do herdeiro que passivamente recebe um patrimônio familiar privilegiado, Singly observa que a apropriação da herança é fruto de um processo emocionalmente complexo e de resultados incertos de identificação e de afastamento do jovem em relação a sua família. Haveria sempre a possibilidade de dilapidação da herança.

No seu conjunto, os autores aqui discutidos apontam as limitações da perspectiva de Bourdieu para lidar com o plano subjetivo. Do ponto de vista de Alexander, Bourdieu constitui uma teoria determinista e, em última instância, materialista, que reduz a subjetividade a uma espécie de resíduo do processo de adaptação dos indivíduos às suas condições objetivas de existência. De forma mais amena, Charlot critica Bourdieu por ter dado pouca atenção aos sentidos ou significados diferenciados que os indivíduos atribuem à realidade e que podem levá-los a agir de forma variada diante das mesmas condições objetivas. Finalmente, Lahire observa que as correlações estabelecidas por Bourdieu entre posições sociais, habitus e ações práticas só poderiam ser consideradas válidas em escala macro e em termos probabilísticos. Para se estudar a escala individual, seria necessária uma análise mais detalhada dos processos de constituição e uso das disposições.

É difícil avaliar em que medida essas críticas e ponderações em relação à obra de Bourdieu são justas.[33] De qualquer forma, parece, no mínimo, arriscado afirmar, como o faz Alexander, que Bourdieu concebe de maneira determinista as relações entre os indivíduos e sua posição no espaço social, mesmo porque, ao longo de toda a sua vida o autor buscou se contrapor a essa acusação (Cf. por exemplo, BOURDIEU, 1983c, p. 35-37; BOURDIEU, 1990, p. 26-30; BOURDIEU; WACQUANT, 1992, p. 107-112). Mais fácil e talvez mais correto seja afirmar – como o faz Lahire (1999, 1999a) e, em outros termos, Charlot (2000, p. 37) – que a perspectiva de Bourdieu foi constituída tendo como foco a escala macro e que, portanto, se mostra insuficiente como referencial de análise do plano individual ou subjetivo.

A educação e a reprodução das desigualdades sociais: um processo inevitável?

Apesar dos seus méritos inegáveis, as reflexões de Bourdieu sobre a escola recebem também algumas críticas

---

[33] Até pelo fato de que o pensamento de um autor tão prolífico quanto Bourdieu, normalmente, tende a sofrer modulações e oscilações quando se passa de um texto a outro.

importantes. O problema central apontado pelos críticos diz respeito ao grau limitado de independência ou autonomia conferido por Bourdieu aos estabelecimentos de ensino e ao sistema escolar em relação às estruturas de dominação social. A escola, sobretudo em seus trabalhos produzidos até os anos 1970, aparece como uma instituição totalmente subordinada aos interesses de reprodução e legitimação das classes dominantes. Os conteúdos transmitidos, os métodos pedagógicos, as formas de avaliação, tudo seria organizado em benefício da perpetuação da dominação social (Cf., por exemplo, BOURDIEU; PASSERON, 1975).

Contrapondo-se a essa perspectiva, uma série de autores tem acentuado, em primeiro lugar, que o conteúdo do ensino não pode ser, globalmente, definido como sendo um arbitrário cultural dominante. Snyders (1976), afirma que Bourdieu e Passeron reduzem indevidamente a cultura dominante e, portanto, indiretamente, a cultura escolar a sua função de "barreira social", de instrumento de distinção em relação ao que é popular ou vulgar. A legitimidade atribuída pelo conjunto da sociedade e pela escola à cultura dominante não se justificaria pelo valor intrínseco dessa cultura, mas exclusivamente pelo papel social que ela cumpriria de demarcação social da fronteira entre dominantes e dominados. Snyders (1976, p. 281) considera essa generalização abusiva. Segundo ele, seria possível pensar que parte do conteúdo de ensino se mantém e é valorizada pelas instituições e pelos educadores apenas por seu valor distintivo, mas esse argumento não poderia ser estendido ao conjunto do currículo. Boa parte dos conhecimentos veiculados pela escola seriam epistemologicamente válidos e merecedores de ser transmitidos. O fato de que os grupos socialmente dominantes dominem os conteúdos valorizados pelo currículo não seria suficiente para se afirmar, de uma forma generalizante, que esses conteúdos foram selecionados por pertencerem a esses grupos. Na verdade, o raciocínio poderia ser até o inverso. Por serem reconhecidos como superiores (por suas qualidades intrínsecas), esses conteúdos passaram a ser socialmente valorizados e foram apropriados pelas camadas dominantes.

Um segundo conjunto de ponderações diz respeito à diversidade interna do sistema de ensino. As escolas e, dentro delas, os próprios professores não seriam todos iguais. Há variações no modo de organização das escolas, nos princípios pedagógicos adotados, nos critérios de avaliação, etc. Como observa Perrenoud (2001, p. 23), essas diferenças podem favorecer os favorecidos, favorecer os desfavorecidos ou serem neutras. Ao nível do sistema de ensino, a primeira situação seria observada nos casos em que as escolas que atendem a públicos mais favorecidos encontram-se dotadas de maiores recursos materiais e humanos (sobretudo, professores mais estáveis, qualificados e menos sobrecarregados). A segunda situação corresponderia aos casos em que, geralmente por uma decisão de política educacional, concentram-se recursos e adotam-se estratégias de compensação nas escolas que atendem a públicos menos favorecidos (no caso francês, por exemplo, tem-se as chamadas ZEP – Zonas de Educação Prioritária). Existiriam ainda certas diferenças mais ou menos aleatórias entre as escolas que não afetariam de modo marcante nem os favorecidos nem os desfavorecidos. De forma análoga, no âmbito de uma sala de aula, seria possível, em primeiro lugar, apontar as situações, bastante comuns, em que os professores (usualmente, de maneira não intencional) dedicam maior atenção aos alunos que melhor atendem às suas expectativas em termos de comportamento e aprendizagem, via de regra, os mais favorecidos. Essas situações se contrastariam com os casos em que se busca sistematicamente apoiar os alunos em dificuldade, adotando, em alguma medida, estratégias pedagógicas individualizadas. Finalmente, do mesmo modo que entre as escolas, no interior da sala de aula existiriam ainda diferenças no modo como o professor lida com seus alunos que não parecem favorecer nem desfavorecer os favorecidos ou os desfavorecidos.

Essas considerações de Perrenoud chamam a atenção para o fato de que as escolas e os professores não são partes indiferenciadas de um sistema coerentemente voltado para a reprodução e legitimação das desigualdades sociais. O modo como cada estabelecimento se estrutura e a forma como cada professor atua em sala de aula podem reforçar ou amenizar o processo de reprodução das desigualdades. As instituições de ensino e seus profissionais não se restringiriam a identificar e a sancionar as desigualdades iniciais dos alunos relacionadas à sua origem social. Eles interfeririam de múltiplas maneiras no processo de reprodução escolar dessas desigualdades.

As observações de Perrenoud se articulam perfeitamente bem com os resultados das pesquisas contemporâneas sobre o "efeito escola" e o "efeito professor" (Cf. BRESSOUX, 2003). Uma série de grandes pesquisas, realizadas sobretudo nos Estados Unidos nas décadas de 1950 e 1960, incluindo o famoso Relatório Coleman (Cf. COLEMAN et al., 1966), apontavam que as escolas tinham pouco ou nenhum efeito sobre o desempenho dos alunos. O que contava era fundamentalmente sua origem social. Essas pesquisas analisavam as escolas em termos de *inputs* e *outputs*, ou seja, do efeito que os recursos materiais e humanos investidos nos estabelecimentos podem ter sobre as aquisições dos alunos. Tratava-se, em poucas palavras, de uma avaliação externa da escola, que desconsiderava, em grande medida, a organização e a dinâmica interna de cada estabelecimento. Da mesma forma, os instrumentos de avaliação das aquisições dos alunos utilizados por essas pesquisas eram bastante limitados. Em contraste com essas primeiras investigações, as pesquisas realizadas nas últimas décadas têm analisado detalhadamente o efeito sobre as aquisições dos alunos das mais diversas características dos estabelecimentos escolares, das salas de aula e de cada uma das condutas utilizadas pelos professores. Embora, de uma maneira geral, essas pesquisas confirmem que o peso da origem social é bem maior do que o das variáveis intraescolares na definição do desempenho e das trajetórias dos alunos, elas deixam claro, por outro lado, que o efeito da escola, da sala de aula e, sobretudo, do professor sobre as aquisições dos alunos não é desprezível. As escolas e os profissionais de ensino podem fazer a diferença.

É importante reconhecer que o próprio Bourdieu, em alguns de seus primeiros trabalhos (Cf. BOURDIEU; PASSERON, 1964; BOURDIEU, 1998d), não descartava a possibilidade de a escola exercer papel ativo na reversão do processo de reprodução das desigualdades sociais. Para isso, seria necessária, segundo ele, uma transformação profunda dos procedimentos didáticos e métodos de avaliação utilizados. Como se viu no capítulo IV, o autor sugeria a possibilidade de se adotar uma "pedagogia racional", que em vez de supor como dados os pré-requisitos necessários à decodificação da comunicação pedagógica (capital cultural e linguístico), se esforçaria para transmiti-los metodicamente a quem não os recebeu na família. Dito em outros termos, os professores deveriam partir dos conhecimentos e das habilidades efetivamente possuídos pelos alunos e fazê-los progredir por meio do uso sistemático de métodos e técnicas de ensino. Além disso, no que concerne à avaliação, os educadores deveriam se preocupar em "racionalizar os exames", restringindo o peso de exigências difusas e implícitas, ligadas mais à forma (estilo, elegância, desenvoltura nas respostas escritas ou orais) do que aos conteúdos efetivamente ensinados.

O otimismo pedagógico manifestado por Bourdieu em seus primeiros trabalhos foi, no entanto, como se viu, rapidamente abandonado. Prevalece na obra do autor a percepção de que o processo de reprodução das estruturas sociais por meio da escola dificilmente poderia ser evitado. Essa postura mais pessimista de Bourdieu harmoniza-se com uma de suas teses principais: a de que as diferenças culturais e escolares entre as classes são relativas e, portanto, dificilmente podem ser transpostas. A ampliação do acesso e mesmo das oportunidades de sucesso das classes médias e populares na escola tenderia a ser acompanhada por modificações quantitativas e qualitativas na escolarização das elites, de tal forma que as diferenças relativas entre as classes tenderiam a se manter, aproximadamente, as mesmas. O autor se refere a um processo de "translação global das distâncias" (Cf. BOURDIEU, 1998c). Esse processo se manifesta de forma especialmente clara no que concerne ao valor relativo dos certificados escolares. À medida que o acesso a determinada instituição, nível ou ramo do sistema de ensino se democratiza, seus certificados se desvalorizam (inflação de títulos). Por um processo paralelo, os grupos que até então se distinguiam pela posse desses certificados tendem a se deslocar em busca de outras instituições, níveis ou ramos de ensino mais seletivos e, portanto, socialmente mais valorizados.

Num nível mais profundo, o abandono progressivo por parte de Bourdieu da defesa de uma pedagogia racional parece estar relacionado a uma contradição fundamental apontada por Snyders. Este último observa que a proposta de uma transmissão metódica da cultura dominante por meio da escola se mostra contraditória em relação à tese fundamental de Bourdieu e Passeron, segundo a qual, nos termos de Snyders (1976, p. 285), a cultura existe "pela e para a desigualdade". Como já foi visto, de acordo com os dois autores, o conteúdo da cultura dominante seria basicamente arbitrário; o que a tornaria dominante seria apenas o fato de ela ser a cultura das classes dominantes. Assim, logicamente, caso fosse efetivamente difundida e, portanto, democratizada pela escola, ela perderia, simultaneamente, seu valor distintivo e sua própria pertinência.

No conjunto da obra de Bourdieu, prevalece, então, o argumento de que o sistema escolar, predominantemente, reproduz e legitima os privilégios sociais. Formalmente, esse sistema ofereceria a todos oportunidades de acesso ao conhecimento e de obtenção de certificados socialmente úteis. Na realidade, os benefícios que os grupos estariam em condições de conquistar no sistema escolar seriam proporcionais aos recursos que eles já possuem em função de sua posição social (notadamente, o capital cultural). As possibilidades de reversão das desigualdades sociais por meio da escola se mostrariam, assim, muito limitadas.

De fato, quando a análise é feita no plano macrossocial das relações entre as classes, Bourdieu tem boas razões para ser pessimista. Essa análise, no entanto, não parece poder ser transposta diretamente para contextos mais restritos.[34] Como já foi discutido, existem diferenças significativas no modo como cada escola e ou professor se inserem no processo de reprodução escolar das desigualdades sociais. Essas diferenças parecem ter sido, em grande medida, subestimadas por Bourdieu.

A Sociologia da Educação de Pierre Bourdieu tem o grande mérito de ter fornecido as bases para um rompimento frontal com a ideologia do dom e com a noção moralmente carregada de mérito pessoal. A partir de Bourdieu, tornou-se praticamente impossível analisar as desigualdades escolares, simplesmente, como fruto das diferenças naturais entre os indivíduos.

As limitações dessa abordagem, no entanto, revelam-se sempre que se busca a compreensão de situações particulares (famílias, indivíduos, escolas e professores específicos). Bourdieu nos forneceu um importante quadro macrossociológico de análise das relações entre o sistema de ensino e a estrutura social. Esse quadro precisa, no entanto, ser completado e aperfeiçoado por análises mais detalhadas. Faz-se necessário, em especial, um estudo mais minucioso dos processos concretos de constituição e utilização do habitus familiar, bem como uma análise mais fina dos diferentes contextos de escolarização.

---

[34] Grácio (2002), por exemplo, analisando dados portugueses, observa que, embora a escola, de maneira geral, não reverta as desigualdades iniciais existentes entre os alunos, pode, ao menos, em certos momentos, reduzi-las.

|ANEXOS

CRONOLOGIA DE PIERRE BOURDIEU

1930 (primeiro de agosto) – Pierre Bourdieu nasce em Denguin, pequeno vilarejo da província do Béarn, região rural do Sudoeste da França, situada nos Pirineus e próxima da Espanha, onde a língua nativa era o occitânico. Seu pai, Albert Bourdieu, originário de uma família de camponeses, havia se tornado, ao redor dos 30 anos, modesto funcionário público dos Correios, tendo exercido, ao longo da vida, o ofício de carteiro na região do Béarn. Sua mãe, Noémie Bourdieu, também proveniente do meio rural, pertencia a uma família de agricultores com nível social um pouco mais elevado.

1941-1947 – Frequenta o Liceu de Pau (capital do Béarn), onde cursa a primeira parte do ensino secundário e se distingue nos estudos.

1948-1951 – Recebe uma bolsa de estudos para cursar o ensino médio e, a conselho de um de seus professores do Liceu de Pau, ingressa no Liceu Louis-le-Grand, em Paris, reputado por constituir o melhor curso preparatório para o ingresso na École Normale Supérieure de Paris e por reunir os melhores alunos do país.

1951-1954 – Ingressa na célebre Escola Normal Superior (ENS) da Rue d'Ulm, em Paris, o mais importante centro de recrutamento e formação da elite intelectual francesa. Diploma-se, nessa escola, em Filosofia, aos 25 anos. Na mesma época, realiza estudos de graduação também em Filosofia na Faculdade de Letras de Paris (Sorbonne), onde defendeu a tese intitulada "Estruturas temporais da vida afetiva".

1954 – Obtém – juntamente com Jacques Derrida e Emmanuel Leroy-Ladurie – aprovação no concurso de *Agrégation* (concurso público de admissão ao cargo de professor de liceu ou de faculdade).

1954-1955 – Passa a lecionar Filosofia no Liceu de Moulins, pequena cidade situada na região central da França.

1955-1958 – É convocado e presta o serviço militar na Argélia, então colônia francesa no Norte da África, em plena guerra (1954-1962) por sua independência da França.

1958-1960 – Leciona na Faculdade de Letras de Argel (capital da Argélia), como professor assistente. Durante esse período, desenvolve extenso trabalho de campo que redundou numa etnologia da sociedade cabila (população camponesa habitante das regiões montanhosas do Norte da Argélia).

1960 – Em função do agravamento do conflito colonial e diante das posições liberais que assume ante a guerra de independência, Bourdieu é obrigado a voltar para a França, tornando-se professor assistente na Faculdade de Letras de Paris (Sorbonne).

1962 (2 de novembro) – Casa-se com Marie-Claire Brizard, socióloga e filha de um médico. Dessa união nasceram três filhos homens (Jérôme, Emmanuel e Laurent).

1961-1964 – É nomeado professor e orientador pedagógico da Faculdade de Letras de Lille (cidade localizada no Norte da França). Na Universidade de Lille, ministra, pela primeira vez, cursos sobre os "pais fundadores" da Sociologia (Durkheim, Weber, Marx), mas também sobre a Antropologia britânica e a Sociologia norte-americana. Paralelamente, prossegue o trabalho de análise dos dados de campo coletados durante o período argelino e em suas constantes viagens de férias à Argélia.

1964 – Passa a lecionar na Escola de Altos Estudos em Ciências Sociais (EHESS) de Paris, credenciando-se também como orientador de teses e estudos científicos. Ao assumir esse posto, aos 34 anos, tornou-se um dos mais jovens professores dessa instituição.

1964 – É indicado por Raymond Aron para sucedê-lo na direção do Centro Europeu de Sociologia.

1964 – Torna-se diretor da coleção *Le sens commun* para a editora parisiense Minuit. Por mais de duas décadas, Bourdieu dirigiu essa coleção na qual publicou obras clássicas (de Durkheim, Mauss, Halbwachs, Cassirer, Bakhtin, entre outros), bem como traduziu e divulgou, na França, grandes autores contemporâneos (entre eles: Goffman, Bernstein, Labov, Goody, Hoggart).

1964 – Nessa mesma coleção, publica, em coautoria com Jean-Claude Passeron, o livro *Les héritiers*, sua primeira grande obra no campo da Educação.

1967 – Funda o Centro de Sociologia da Educação e da Cultura (CSEC) na EHESS. Nesse centro, Bourdieu congregou e dirigiu, por mais de 30 anos, uma grande equipe de pesquisadores dedicados à compreensão das relações que se estabelecem entre o universo da cultura e o campo do poder e das classe sociais.

1970 – Publica, mais uma vez em coautoria com Jean-Claude Passeron, aquele que se tornaria seu mais conhecido livro no terreno da Educação: *La reproduction* (no Brasil: *A reprodução*). Na década de 1970, dá início a intensas atividades acadêmicas no exterior como convidado de instituições importantes, como as universidades de Chicago, Harvard, Princenton (EUA); Instituto Max Plank (Alemanha); Universidade de Todai (Japão), entre outras.

1975 – Com o apoio de Fernand Braudel, então diretor da Maison des Sciences de l'Homme, cria o periódico *Actes de la Recherche en Sciences Sociales* (ARSS), que dirigirá até os momentos finais de sua vida. Esse periódico tornou-se uma das mais importantes publicações em Ciências Sociais no mundo.

1979 – Publica, pela Editora Minuit, o livro *La distinction*, considerado por muitos como sua obra magna e que lhe valerá a consagração internacional. Trata-se de uma análise dos gostos e julgamentos éticos e estéticos das diferentes classes sociais.

1981 (13 de dezembro) – Em protesto contra a repressão que se abatia sobre a Polônia, Bourdieu lança – juntamente com Michel Foucault – um manifesto em favor do movimento "Solidariedade".

1981 – É eleito professor titular da cátedra de Sociologia do Collège de France.

1982 (23 de abril) – Profere, no Collège de France, a provocadora aula inaugural *Leçon sur la leçon* (no Brasil: *Lições da aula*).

1984 – Publica, pela Editora Minuit, o livro *Homo academicus*, obra sobre o universo das disposições e práticas dos professores universitários.

1989 – Publica, pela Editora Minuit, *La noblesse d'État*, seu último grande livro sobre o sistema escolar.

1989 – Funda a *Liber*, "revista internacional de livros", editada em diversos países europeus e em nove línguas, que dirigirá por dez anos. Seu objetivo era a difusão internacional de trabalhos originais e inovadores no campo das Ciências Humanas e da Literatura.

1989 – Recebe o título de Doutor *honoris causa* da Universidade Livre de Berlim.

1989-1990 – Preside uma comissão nacional de reflexão e estudos sobre os "conteúdos do ensino", nomeada pelo então presidente da República, François Mitterrand.

1990 – A partir da década de 1990, Bourdieu assume um papel combativo nos movimentos sociais antiglobalização e de apoio aos desempregados, aos trabalhadores do campo, aos imigrantes ilegais na França, aos intelectuais perseguidos em diversas partes do mundo.

1993 – É lançada a primeira edição da coletânea, organizada por Bourdieu, *La misère du monde* (no Brasil: A miséria do mundo), que, apesar de suas mil páginas, teve enorme sucesso de vendas, e foi adaptada para o vídeo e para o teatro.

1993 – Recebe a Medalha de Ouro do CNRS (Centre National de la Recherche Scientifique), um dos mais importantes símbolos de reconhecimento conferidos pela comunidade científica na França.

1993 – Funda o Comitê Internacional de apoio aos Intelectuais Argelinos (CISIA).

1995 (dezembro) – Lança um "apelo dos intelectuais em favor dos grevistas" contra o plano governamental neoliberal que ameaçava as políticas públicas do bem-estar social e da seguridade na França.

1996 – Funda a editora *Liber-Raisons d'Agir* com uma política editorial que deveria associar a independência do trabalho científico com a militância e o compromisso cívicos.

1996 – Recebe o título de Doutor *honoris causa* da Universidade Johann Wolfgang Goethe de Frankfurt e da Universidade de Atenas.

2001 (28 de março) – Dá sua última aula no Collège de France.

2002 (23 de janeiro) – Pierre Bourdieu morre, em Paris, aos 71 anos de idade, vítima de um câncer.

Pierre Bourdieu atingiu o ponto máximo da hierarquia cultural na França, sendo hoje "o cientista social mais citado no mundo" (cf. WACQUANT, 2002).

OBRAS DE PIERRE BOURDIEU PUBLICADAS NO BRASIL*

BOURDIEU, Pierre. *A economia das trocas simbólicas*. MICELI, Sergio (Org.). São Paulo: Perspectiva, 1974.

BOURDIEU, Pierre; PASSERON, Jean-Claude. *A reprodução: elementos para uma teoria do sistema de ensino*. Rio de Janeiro: Francisco Alves, 1975.

BOURDIEU, Pierre. *O desencantamento do mundo: estruturas econômicas e estruturas temporais*. São Paulo: Perspectiva, 1979.

BOURDIEU, Pierre. *Pierre Bourdieu: Sociologia*. ORTIZ, Renato (Org.). São Paulo: Ática, 1983.

BOURDIEU, Pierre. *Questões de Sociologia*. Rio de Janeiro: Marco Zero, 1983.

BOURDIEU, Pierre. *Lições da aula*. São Paulo: Ática, 1988.

BOURDIEU, Pierre. *A ontologia política de Martin Heidegger*. Campinas: Papirus, 1989.

BOURDIEU, Pierre. *O poder simbólico*. Rio de Janeiro / Lisboa: Bertrand Brasil / Difel, 1989.

BOURDIEU, Pierre. *Coisas ditas*. São Paulo: Brasiliense, 1990.

* Listagem limitada somente a livros e coletâneas. Compreende também as obras em coautoria.

BOURDIEU, Pierre; HAACKE, Hans. *Livre-Troca: diálogos entre ciência e arte*. Rio de Janeiro: Bertrand Brasil, 1995.

BOURDIEU, Pierre. *As regras da arte: gênese e estrutura do campo literário*. São Paulo: Companhia das Letras, 1996.

BOURDIEU, Pierre. *A economia das trocas lingüísticas: o que falar quer dizer*. São Paulo: EDUSP, 1996.

BOURDIEU, Pierre. *Razões práticas: sobre a teoria da ação*. Campinas: Papirus, 1996.

BOURDIEU, Pierre; CHARTIER, Roger; NASCIMENTO, Cristina. *Práticas da leitura*. São Paulo: Estação Liberdade, 1996.

BOURDIEU, Pierre. *Sobre a televisão*. Rio de Janeiro: Zahar, 1997.

BOURDIEU, Pierre. *A miséria do mundo*. Petrópolis: Vozes, 1997.

BOURDIEU, Pierre; ROLNIK, Suely; WACQUANT, Loic J. D; LINS, Daniel Soares. *Cultura e subjetividade: saberes nômades*. Campinas: Papirus, 1997.

BOURDIEU, Pierre; MICELI, Sergio (Org.). *Liber 1*. São Paulo: EDUSP, 1997.

BOURDIEU, Pierre. *Contrafogos: táticas para enfrentar a invasão neoliberal*. Rio de Janeiro: Zahar, 1998.

BOURDIEU, Pierre. *Escritos de Educação*. NOGUEIRA, Maria Alice; CATANI, Afrânio (Orgs.). Petrópolis: Vozes, 1998.

BOURDIEU, Pierre. *A dominação masculina*. Rio de Janeiro: Bertrand Brasil, 1999.

BOURDIEU, Pierre; CHAMBOREDON, Jean-Claude; PASSERON, Jean-Claude. *A profissão de sociólogo: preliminares epistemológicas*. Petrópolis: Vozes, 1999.

BOURDIEU, Pierre. *O campo econômico: a dimensão simbólica da dominação*. Campinas: Papirus, 2000.

BOURDIEU, Pierre. *Contrafogos 2: por um movimento social europeu*. Rio de Janeiro: Zahar, 2001.

BOURDIEU, Pierre. *Meditações pascalianas*. Rio de Janeiro: Bertrand Brasil, 2001.

BOURDIEU, Pierre. *A produção da crença: contribuição para uma economia dos bens simbólicos*. São Paulo: Zouk, 2002.

BOURDIEU, Pierre; WACQUANT, Loic J. D. *Um convite à sociologia reflexiva*. Rio de Janeiro: Relume Dumará, 2002.

BOURDIEU, Pierre; DARBEL, Alain. *O amor pela arte: os museus de arte na Europa e seu público*. São Paulo: EDUSP / Zouk, 2003.

OBRAS DE PIERRE BOURDIEU PUBLICADAS NA FRANÇA*

BOURDIEU, Pierre. *Sociologie de l'Algérie*. Paris: P.U.F., 1958.

BOURDIEU, Pierre; DARBEL, Alain; RIVET, Jean-Paul; SEIBEL, Claude. *Travail et travailleurs en Algérie*. Paris-La Haye: Mouton, 1963.

BOURDIEU, Pierre; SAYAD, Abdelmalek. *Le déracinement, la crise de l'agriculture traditionnelle en Algérie*. Paris: Minuit, 1964.

BOURDIEU, Pierre; PASSERON, Jean-Claude. *Les héritiers – les étudiants et la culture*. Paris: Minuit, 1964.

BOURDIEU, Pierre; BOLTANSKI, Luc; CASTEL, Robert; CHAMBOREDON, Jean-Claude. *Un art moyen, essai sur les usages sociaux de la photographie*. Paris: Minuit, 1965.

BOURDIEU, Pierre; PASSERON, Jean-Claude; SAINT-MARTIN, Monique de. *Rapport pédagogique et communication*. Paris-La Haye: Mouton (Cahiers du Centre de Sociologie Européenne), 1965.

BOURDIEU, Pierre; DARBEL, Alain; SCHNAPPER, Dominique. *L'amour de l'art – les musées d'art européens et leur public*. Paris: Minuit, 1966.

---

* Listagem limitada somente a livros e coletâneas. Compreende também as obras em coautoria.

BOURDIEU, Pierre; CHAMBOREDON, Jean-Claude; PASSERON, Jean-Claude. *Le métier de sociologue*. Paris: Mouton-Bordas, 1968.

BOURDIEU, Pierre; PASSERON, Jean-Claude. *La reproduction – éléments pour une théorie du système d'enseignement*. Paris: Minuit, 1970.

BOURDIEU, Pierre. *Algérie 60 – structures économiques et structures temporelles*. Paris: Minuit, 1977.

BOURDIEU, Pierre. *La distinction. Critique sociale du jugement*. Paris: Minuit, 1979.

BOURDIEU, Pierre. *Le sens pratique*. Paris: Minuit, 1980.

BOURDIEU, Pierre. *Questions de sociologie*. Paris: Minuit, 1980.

BOURDIEU, Pierre. *Ce que parler veut dire. L'économie des échanges linguistiques*. Paris: Fayard, 1982.

BOURDIEU, Pierre. *Leçon sur la leçon*. Paris: Minuit, 1982.

BOURDIEU, Pierre. *Homo academicus*. Paris: Minuit, 1984.

BOURDIEU, Pierre. *Langage et pouvoir symbolique*. Paris: Points, 1984.

BOURDIEU, Pierre. *Choses dites*. Paris: Minuit, 1987.

BOURDIEU, Pierre. *L'ontologie politique de Martin Heidegger*. Paris: Minuit, 1988.

BOURDIEU, Pierre. *La noblesse d'État. Grandes écoles et esprit de corps*. Paris: Minuit, 1989.

BOURDIEU, Pierre. *Les règles de l'art. Genèse et structure du champ littéraire*. Paris: Seuil, 1992.

BOURDIEU, Pierre; WACQUANT, Loic J. D. *Réponses. Pour une anthropologie réflexive*. Paris: Seuil, 1992.

BOURDIEU, Pierre (Org.). *La misère du monde*. Paris: Seuil, 1993.

BOURDIEU, Pierre. *Raisons pratiques. Sur la théorie de l'action*. Paris: Seuil, 1994.

BOURDIEU, Pierre; HAACKE, Hans. *Libre-échange*. Paris: Seuil, 1994.

BOURDIEU, Pierre. *Sur la télévision*. Paris: Liber Éditions, 1996.

BOURDIEU, Pierre. *Méditations pascaliennes*. Paris: Seuil, 1997.

BOURDIEU, Pierre. *Les usages sociaux de la science*. Paris: INRA, 1997.

BOURDIEU, Pierre. *Contre-feux*. Paris: Liber / Raisons d'agir, 1998.

BOURDIEU, Pierre. *La domination masculine*. Paris: Seuil, 1998.

BOURDIEU, Pierre. *Esquisse d'une théorie de la pratique – précédé de trois études d'ethnologie kabyle*. Paris: Seuil, 2000.

BOURDIEU, Pierre. *Propos sur le champ politique*. Lyon: Presses Universitaires de Lyon, 2000.

BOURDIEU, Pierre. *Les structures sociales de l'économie*. Paris: Liber/Raisons d'agir, 2000.

BOURDIEU, Pierre. *Contre-feux, 2*. Paris: Raisons d'agir, 2001.

BOURDIEU, Pierre. *Science de la science et réflexivité*. Paris: Raisons d'agir, 2001.

BOURDIEU, Pierre. *Interventions politiques (1961-2001)*. Marseilles: Agone, 2002.

BOURDIEU, Pierre. *Le bal des célibataires. La crise de la société paysanne en Béarn*. Paris: Seuil, 2002.

BOURDIEU, Pierre. *Esquisse pour une auto-analyse*. Paris: Raisons d'agir, 2004.

OBRAS SOBRE PIERRE BOURDIEU*

LIVROS:
ACCARDO, Alain. *Initiation à la sociologie*. Bordeaux: Le Mascaret, 1983.
ACCARDO, Alain; CORCUFF, Philippe. *La sociologie de P. Bourdieu. Textes choisis et commentés*. Bordeaux: Le Mascaret, 1986.
ALEXANDER, Jeffrey C. *La réduction: critique de Bourdieu*. Paris: Les Éditions du Cerf, 2000.
BONNEWITZ, Patrice. *Premières leçons sur la sociologie de P. Bourdieu*. Paris: PUF, 1998. (Tradução brasileira: BONNEWITZ, Patrice. *Primeiras lições sobre a sociologia de P. Bourdieu*. Petrópolis: Vozes, 2003).
BONNEWITZ, Patrice. *Pierre Bourdieu – vie, oeuvres, concepts*. Paris: Elipses, 2002.
CAILLÉ Alain. *Don, intérêt et désintéressement: Bourdieu, Mauss, Platon et quelques autres*. Paris: La Découverte / MAUSS, 1994.
CALHOUN, Craig; LIPUMA, Edward; POSTONE, Moishe (Orgs.). *Bourdieu – Critical Perspectives*. Chicago: The University of Chicago Press, 1993.
CHAUVIRÉ, Christiane; FONTAINE, Olivier. *Le vocabulaire de Bourdieu*. Paris: Elipses, 2003.
HARKER, Richard; MAHAR, Cheleen; WILKES, Chris (Orgs.). *An introduction to the work of Pierre Bourdieu*. Londres: Macmillan, 1990.

* Listagem limitada a algumas obras mais importantes ou mais conhecidas.

HONG, Sung-Min. *Habitus, corps, domination: sur certains préssupposés philosophiques de la sociologie de Pierre Bourdieu*. Paris: L'Harmattan, 1999.

LAHIRE, Bernard (Org.). *Le travail sociologique de Pierre Bourdieu – dettes et critiques*. Paris: La Découverte, 1999.

MOUNIER, Pierre. *BOURDIEU, Pierre: une introduction*, Pocket Agora, 2001.

PINTO, Louis. *Pierre Bourdieu et la théorie du monde social*. Paris: Albin Michel, 1998. (Tradução brasileira: PINTO, Louis. Pierre Bourdieu e a teoria do mundo social. Rio de Janeiro: FGV, 2000).

ROBBINS, Derek. *The work of Pierre Bourdieu*. Buckingham: Open University Press, 1991.

SWARTZ, David. *Culture and power: the sociology of Pierre Bourdieu*. Chicago: The University of Chicago Press, 1997.

VERDÈS-LEROUX Jeannine. *Le savant et la politique. Essai sur le terrorisme intellectuel de Pierre Bourdieu*. Paris: Grasset, 1998.

NÚMEROS DE REVISTAS:

CRITIQUE, *Pierre Bourdieu*, Paris/Minuit, n. 579/580, ago./set. 1995.

ACTUEL MARX, *Autour de Pierre Bourdieu*, Paris/PUF, n. 20, 1996.

MAGAZINE LITTÉRAIRE, *Pierre Bourdieu, l'intellectuel dominant?*, Paris, n. 369, out. 1998.

SCIENCES HUMAINES, *Le monde selon Bourdieu*, Paris, n. 105, maio 2000.

SCIENCES HUMAINES, *L'oeuvre de Pierre Bourdieu*, Paris, número especial, 2002.

EDUCAÇÃO & SOCIEDADE, *Dossiê: Ensaios sobre Pierre Bourdieu*, Campinas, n. 78, abr. 2002.

FILME:

La sociologie est un sport de combat (documentário de Pierre Carles, 2001, Buena Vista Home Entertainement).

Documentário sobre Pierre Bourdieu realizado pelo cineasta Pierre Carles após ter acompanhado o sociólogo francês, durante três anos, em suas atividades profissionais e políticas.

Sites de interesse na Internet

http://www.pages-bourdieu.fr.st/
Excelente site, com textos de e sobre Bourdieu, entrevistas, grupo de discussão, léxico e vários links.

http://www.iwp.uni-linz.ac.at/lxe/sektktf/bb/HyperBourdieu.html
Amplo site com bibliografia exaustiva de Bourdieu, lista de artigos e comentários sobre o autor em diversas línguas (incluindo português), coleção de fotos, lista de teses orientadas e de homenagens recebidas pelo autor.

http://www.ehess.fr/centres/cse/index.html
Bibliografia dos membros do Centre de Sociologie Européenne, incluindo seu fundador, Pierre Bourdieu. Disponibiliza index completo da revista Actes de la Recherche en Sciences Sociales.

http://www.college-de-france.fr/
O site contém uma biografia e bibliografia resumidas, além de permitir o acesso a alguns documentos sobre Bourdieu, professor honorário do Collège de France.

http://www.massey.ac.nz/~nzsrda/bourdieu/byauthuk.htm
O site oferece uma impressionante lista de trabalhos sobre Bourdieu publicados em revistas e livros de todo o mundo.

http://www.radiofrance.fr/chaines/france-culture/speciale/speciale_bourdieu/index.php
Permite escutar uma série de debates e entrevistas realizadas pela rádio francesa concernentes à obra de Bourdieu.

http://www.aliancafrancesa.com.br/Caderno_Cultural/pierre_p.php
A página oferece uma apresentação sucinta, mas bastante interessante da obra de Pierre Bourdieu, realizada por Olivier Dabène (em francês e português).

http://en.wikipedia.org/wiki/Pierre_Bourdieu
Como parte de uma enciclopédia virtual, a página oferece acesso a uma série de informações direta e indiretamente relacionadas com a vida e a obra de Bourdieu.

http://rezo.net/themes/bourdieu
Ótimo site por meio do qual se tem acesso direto a um amplo conjunto de textos e informações sobre Bourdieu. Destaque para uma entrevista do autor concedida a Roger Chartier.

http://www.monde-diplomatique.fr/dossiers/bourdieu/
A página oferece acesso a um conjunto, não muito amplo, de textos de Pierre Bourdieu.

http://www.dialogus2.org/bourdieu
Interessante seleção de perguntas sobre temas diversos dirigidas a Bourdieu por um público variado e suas respectivas respostas.

REFERÊNCIAS

ALEXANDER, Jeffrey. *La réduction – critique de Bourdieu*. Paris: Les Éditions du Cerf, 2000.

BOURDIEU, Pierre. Condição de classe e posição de classe. In: BOURDIEU, P. *A economia das trocas simbólicas*. São Paulo: Perspectiva, 1974a.

BOURDIEU, Pierre. Reprodução cultural e reprodução social. In: BOURDIEU, P. *A economia das trocas simbólicas*. São Paulo: Perspectiva, 1974b.

BOURDIEU, Pierre. A excelência e os valores do sistema de ensino francês. In: BOURDIEU, Pierre. *A economia das trocas simbólicas*. São Paulo: Perspectiva, 1974c.

BOURDIEU, Pierre. Sistemas de ensino e sistemas de pensamento. In: BOURDIEU, Pierre. *A economia das trocas simbólicas*. São Paulo: Perspectiva, 1974d.

BOURDIEU, Pierre. *La distinction*. Paris: Minuit, 1979.

BOURDIEU, Pierre. *Le sens pratique*. Paris: Minuit, 1980.

BOURDIEU, Pierre. Esboço de uma teoria da prática. In: ORTIZ, R. (Org.) *Pierre Bourdieu: Sociologia*. São Paulo: Atica, 1983a.

BOURDIEU, Pierre. Gostos de classe e estilos de vida. In: ORTIZ, R. (Org.) *Pierre Bourdieu: Sociologia*. São Paulo: Atica, 1983b.

BOURDIEU, Pierre. *Questões de Sociologia*. Rio de Janeiro: Marco Zero, 1983c.

BOURDIEU, Pierre. *Homo academicus*. Paris: Minuit, 1984.

BOURDIEU, Pierre. *La noblesse d'État*. Paris: Minuit, 1989.

BOURDIEU, Pierre. *O poder simbólico.* Rio de Janeiro/Lisboa: Bertrand Brasil/Difel, 1989a.

BOURDIEU, Pierre. *Coisas ditas.* São Paulo: Brasiliense, 1990.

BOURDIEU, Pierre. *Razões práticas – sobre a teoria da ação.* São Paulo: Papirus, 1997.

BOURDIEU, Pierre. Os três estados do capital cultural. In: BOURDIEU, P. *Escritos de Educação.* Petrópolis: Vozes, 1998a.

BOURDIEU, Pierre. Futuro de classe e causalidade do provável. In: BOURDIEU, P. *Escritos de Educação.* Petrópolis: Vozes, 1998b.

BOURDIEU, Pierre. "Classificação, desclassificação, reclassificação". In: BOURDIEU, P. *Escritos de Educação.* Petrópolis: Vozes, 1998c.

BOURDIEU, Pierre. A escola conservadora: as desigualdades frente à escola e à cultura. In: BOURDIEU, P. *Escritos de Educação.* Petrópolis: Vozes, 1998d.

BOURDIEU, Pierre. *Esquisse pour une auto-analyse.* Paris: Raisons d'agir, 2004.

BOURDIEU, Pierre; PASSERON, Jean-Claude. *Les héritiers.* Paris: Minuit, 1964.

BOURDIEU, Pierre; PASSERON, Jean-Claude. L'examen d'une illusion. *Revue Française de Sociologie,* IX, n. especial, p. 227-253, 1968.

BOURDIEU, Pierre; PASSERON, Jean-Claude. *A reprodução.* Rio de Janeiro: Francisco Alves, 1975.

BOURDIEU, Pierre; WACQUANT, Loic J. D. *Réponses – pour une anthropologie réflexive.* Paris: Seuil, 1992.

BOURDIEU, Pierre; CHAMPAGNE Patrick. Os excluídos do interior. In: BOURDIEU, P. *Escritos de Educação.* Petrópolis: Vozes, 1998.

BOURDIEU, Pierre; BOLTANSKI Luc. O diploma e o cargo: relações entre o sistema de produção e o sistema de reprodução. In: BOURDIEU, P. *Escritos de Educação.* Petrópolis: Vozes, 1998.

BOURDIEU, Pierre; SAINT-MARTIN Monique. As categorias do juízo professoral. In: BOURDIEU, P. *Escritos de Educação.* Petrópolis: Vozes, 1998.

BRESSOUX, Pascal. As pesquisas sobre o efeito-escola e o efeito-professor. *Educação em Revista,* Belo Horizonte, n. 38, dez., p. 17-88, 2003.

CATANI, Afrânio M.; CATANI, Denice B.; PEREIRA, Gilson R. M. Pierre Bourdieu: as leituras de sua obra no campo educacional brasileiro. In: TURA, Maria de Lourdes R. (Org.). *Sociologia para educadores.* Rio de Janeiro: Quartet, 2001.

CHARLOT, Bernard. Relação com o saber e com a escola entre estudantes de periferia. *Cadernos de Pesquisa,* São Paulo, n. 97, maio, p. 47-63, 1996.

CHARLOT, Bernard. *Da relação com o saber: elementos para uma teoria.* Porto Alegre: Artmed, 2000.

CHARLOT, Bernard; BAUTIER, Elisabeth; ROCHEX, Jean-Yves. *École et savoir dans les banlieues... et ailleurs.* Paris: Bordas, 2000.

CHEVALLARD, Yves. *La transposition didactique — du savoir savant au savoir enseigné.* Grenoble: La pensée sauvage, 1991.

COLEMAN, J. S.; CAMPELL, E.; HOBSON, C.; McPARTLAND, J.; MOOD, A.; WEINFIELD, F.; YORK, R. *Equality of educational opportunity.* Washington DC, US Governement Printing Office, 1966.

CORCUFF, Philippe. Le collectif au défi du singulier: en partant de l'habitus. In: LAHIRE, B. (Org.). *Le travail sociologique de Pierre Bourdieu.* Paris: La Découverte, 1999.

DUBET, François. Le sociologue de l'éducation. *Magazine Littéraire,* Paris, n. 369, outubro, p. 45-47, 1998.

GRÁCIO, Sérgio. Versão forte ou versão matizada das teorias da reprodução cultural? Uma discussão. *Educação, Sociedade & Culturas,* Porto, n.18, p. 41-66, 2002.

GRIGNON, Claude ; PASSERON, Jean-Claude. *Le savant et le populaire — misérabilisme et populisme en sociologie et en littérature.* Paris: Gallimard/Le Seuil, 1989.

LAHIRE, Bernard. *Sucesso escolar nos meios populares: as razões do improvável.* São Paulo: Atica, 1997.

LAHIRE, Bernard. De la théorie de l'habitus à une sociologie psychologique. In: LAHIRE, B. (Org.). *Le travail sociologique de Pierre Bourdieu.* Paris: La Découverte, 1999.

LAHIRE, Bernard. Esquisse du programme scientifique d"une sociologie psychologique. *Cahiers Internationaux de Sociologie,* Paris, vol. CVI, p. 29-55, 1999a.

LAHIRE, Bernard. *Homem plural – os determinantes da ação.* Petrópolis: Vozes, 2002.

NOGUEIRA, Cláudio, M.M.. Entre o subjetivismo e o objetivismo – considerações sobre o conceito de habitus em Pierre Bourdieu. *Teoria & Sociedade,* Belo Horizonte, n. 10, jul./dez., p. 144-169, 2002.

NOGUEIRA, Maria Alice. Convertidos e oblatos – um exame da relação classes médias/escola na obra de Pierre Bourdieu. *Educação, Sociedade & Culturas,* Porto, n. 7, maio, p. 109-128, 1997.

NOGUEIRA, Maria Alice; CATANI, Afrânio M. Uma sociologia da produção do mundo cultural e escolar. In: BOURDIEU, P. *Escritos de educação.* Petrópolis: Vozes, 1998.

NOGUEIRA, Maria Alice; NOGUEIRA, Claudio M.M. A Sociologia da Educação de Pierre Bourdieu. *Educação & Sociedade,* Campinas, XXIII, n. 78, abr., p. 15-36, 2002.

PERRENOUD, Philippe. *A pedagogia na escola das diferenças – fragmentos de uma sociologia do fracasso.* Porto Alegre: Artmed, 2001.

SINGLY, F. de. L'appropriation de l'héritage culturel. *Lien social et politiques-RIAC,* Montreal, n. 35, printemps, p. 153-165, 1996.

SNYDERS, Georges. *École, classe et lutte des classes.* Paris: PUF, 1976.

VERRET, Michel. *Le temps des études.* Paris: Librairie Honoré Champion, 1975.

WACQUANT, Loïq J.D.. O legado sociológico de Pierre Bourdieu: duas dimensões e uma nota pessoal. *Revista de Sociologia e Política,* Curitiba, n. 19, nov. 2002.

YOUNG, Michael. *Knowledge and Control – New Directions for the Sociology of Education.* Londres: Collier Macmillan, 1971.

Os autores

Maria Alice Nogueira é professora-titular do Departamento de Ciências Aplicadas à Educação e do Programa de Pós-Graduação em Educação da Faculdade de Educação da Universidade Federal de Minas Gerais (FaE/UFMG). Foi professora visitante na Universidade de Lille na França.

Graduou-se em Ciências da Educação na Universidade de Paris V. É doutora em Ciências da Educação também pela Universidade de Paris V e fez Pós-Doutorado no Laboratório "Sociologie de l'Éducation" do CNRS (URA 887), na França.

É pesquisadora do CNPq e coordenadora do *OSFE (Observatório Sociológico Família-Escola)* da FaE/UFMG, grupo de pesquisa que se dedica ao estudo das trajetórias escolares e das práticas de escolarização em diferentes meios sociais. Seu principal interesse de pesquisa consiste no conhecimento das formas de atuação dos diferentes tipos de capital familiar sobre a vida escolar dos filhos, em especial os modos e processos de transmissão do capital cultural e das disposições que lhe são associadas.

Entre suas publicações mais importantes, destacam-se o livro *Educação, saber, produção em Marx e Engels;* a organização das coletâneas: *Família & Escola – trajetórias de escolarização em camadas médias e populares* (em coautoria com Geraldo Romanelli e Nadir Zago), *A escolarização das elites – um panorama internacional da pesquisa* (em coautoria com Ana Maria F. de Almeida) e da coletânea de textos de Pierre Bourdieu, *Escritos de Educação* (em coautoria com Afrânio M. Catani). Além de vários artigos em periódicos e de capítulos de livros.

É diretora da coleção *Ciências Sociais da Educação* da Editora Vozes e membro do Conselho Editorial de diversos periódicos da área da Educação.

Cláudio Marques Martins Nogueira é professor adjunto de Sociologia da Educação do Departamento de Ciências Aplicadas à Educação da Faculdade de Educação da Universidade Federal de Minas Gerais (FaE/UFMG).

Graduou-se em Ciências Sociais e fez mestrado em Sociologia na Faculdade de Filosofia e Ciências Humanas da UFMG. É doutor em Educação pela Faculdade de Educação da UFMG, tendo realizado estudos de "doutorado sanduíche" com o Professor Dr. Bernard Lahire, na École Normale Supérieure Lettres et Sciences Humaines de Lyon.

Em seu trabalho de tese,[35] investigou os limites e as contribuições de diferentes referenciais teóricos da Sociologia (Teoria da Escolha Racional, Teoria da Prática de Bourdieu e abordagens centradas nos conceitos de "cadeia de interação ritual", Randall Collins e "motivação", Jonathan Turner e Anthony Giddens), como instrumentos de interpretação do processo de escolha do curso superior.

Como desdobramento de seu trabalho de tese, o pesquisador investiga atualmente o processo de escolha do curso superior tal como vivido por indivíduos específicos.

O pesquisador é membro efetivo do *OSFE (Observatório Sociológico Família-Escola)* da FaE/UFMG e já publicou diversos artigos nas áreas de Teoria Sociológica e Sociologia da Educação.

---

[35] Cf. NOGUEIRA, Cláudio. M. M. *Dilemas na análise sociológica de um momento crucial das trajetórias escolares: o processo de escolha do curso superior.* Tese (Doutorado em Educação) - Faculdade de Educação, Universidade Federal de Minas Gerais, Belo Horizonte, 2004.

Este livro foi composto com tipografia Bembo e impresso
em papel Off-Set 75 g/m² na Formato Artes Gráficas.